Jocelyne Saucier

# Il pleuvait des oiseaux

roman

DENOËL

L'auteure remercie le Conseil des arts et des lettres du Québec
pour son soutien à l'écriture de ce livre.

*Pour Marie-Ange Saucier*

*Où il sera question de grands disparus, d'un pacte de mort qui donne son sel à la vie, du puissant appel de la forêt et de l'amour qui donne aussi son prix à la vie. L'histoire est peu probable, mais puisqu'il y a eu des témoins, il ne faut pas refuser d'y croire. On se priverait de ces ailleurs improbables qui donnent asile à des êtres uniques.*

*L'histoire est celle de trois vieillards qui ont choisi de disparaître en forêt. Trois êtres épris de liberté.*

*— La liberté, c'est de choisir sa vie.*

*— Et sa mort.*

*C'est ce que Tom et Charlie diront à leur visiteuse. À eux deux, ils font presque deux siècles. Tom, quatre-vingt-six ans et Charlie, trois de plus. Ils se croient capables de bien des années encore.*

*Le troisième ne parle plus. Il vient de mourir. Mort et enterré, dira Charlie à la visiteuse qui refusera de le croire tellement le chemin a été long pour parvenir à ce Boychuck, Ted ou Ed ou Edward, la versatilité du prénom de cet homme et l'inconsistance de son destin hanteront tout le récit.*

*La visiteuse est photographe et n'a pas encore de nom.*
*Et l'amour ? Eh bien, il faudra attendre pour l'amour.*

# La photographe

J'avais fait des kilomètres et des kilomètres de route sous un ciel orageux en me demandant si j'allais trouver une éclaircie dans la forêt avant la nuit, au moins avant que l'orage n'éclate. Tout l'après-midi, j'avais emprunté des routes spongieuses qui ne m'avaient menée qu'à des enchevêtrements de pistes de VTT, des chemins de halage forestier, et puis plus rien que des mares de glaise, des lits de sphaigne, des murs d'épinettes, des forteresses noires qui s'épaississaient de plus en plus. La forêt allait se refermer sur moi sans que je mette la main sur ce Ted ou Ed ou Edward Boychuck, le prénom changeait mais le patronyme restait le même, signe qu'il y avait quelque indice de vérité dans ce qu'on m'avait raconté sur ce Boychuck, un des derniers survivants des Grands Feux.

J'étais partie avec des indications qui m'avaient paru suffisantes. Après la route qui longe la rivière, prendre à droite sur une quinzaine de kilomètres jusqu'au lac Perfection, facile à reconnaître, ses eaux sont vertes, du jade, une eau de glacier du quaternaire et une rondeur d'assiette, une rondeur parfaite, d'où son nom, et après la contemplation de l'assiette de jade, prendre à gauche, il y a là un chevalement tout rouillé, faire une dizaine de kilomètres en droite ligne, ne surtout pas prendre les traverses, tu vas te retrouver dans des vieux chemins forestiers et ensuite, tu ne peux pas te tromper, il n'y a que cette route qui ne mène nulle part. Si tu regardes à droite, tu vas voir un ruisseau qui descend en cascade dans du basalte, c'est là que Boychuck a sa cabane, mais autant te le dire tout de suite, il n'aime pas les visiteurs.

La rivière, le lac de jade, le vieux chevalement, j'avais suivi toutes les indications, mais pas de ruisseau en cascade ni de cabane et j'étais rendue au bout de la route. Plus loin, il y avait un sentier en friche, tout juste bon pour un VTT, rien que mon pick-up n'aurait voulu enjamber. J'en étais à me demander si j'allais faire marche arrière ou m'installer pour la nuit à l'arrière du pick-up, quand j'ai aperçu de la fumée poindre à la base d'une colline et former un mince ruban qui se balançait tout doucement à la cime des arbres. Une invitation.

Les yeux de Charlie, dès qu'ils m'ont aperçue dans l'éclaircie qui entoure son ramassis de cabanes, m'ont lancé un avertissement. On ne pénètre pas dans son domaine sans y être invité.

Son chien m'avait annoncée bien avant que je n'arrive, et Charlie m'attendait, debout devant ce qui devait être sa cabane d'habitation, puisque c'est de là que montait la fumée. Il avait une brassée de bûchettes, signe qu'il en était à préparer son souper. Il a gardé sa brassée contre sa poitrine tout au long de cet échange qui nous a tenus au pas de la porte qu'il n'avait visiblement pas l'intention de m'ouvrir. C'était une porte moustiquaire. L'autre, la porte principale, était ouverte sur l'intérieur pour laisser sortir la chaleur de l'attisée. Je ne pouvais rien distinguer à l'intérieur de la cabane, c'était sombre et emmêlé, mais l'odeur qui s'en dégageait m'était familière. L'odeur de ces hommes des bois qui vivent seuls depuis des années dans l'intimité de toutes ces macérations. Odeur d'abord de corps mal lavés, je n'ai vu aucune douche aucun bain dans aucune des cabanes d'habitation de mes vieux amis des bois. Odeur de graillon, ils se nourrissent principalement de viandes poêlées, d'épais ragoûts, de viande sauvage qui nécessite un lourd apport de gras. Odeur de poussière déposée en strates momifiées sur tout ce qui ne bouge pas. Et odeur sèche du tabac qui est leur principale drogue. Les campagnes antitabac ne se sont pas rendues jusqu'à eux, certains chiquent encore leur carré de nicotine et sniffent religieusement leur Copenhagen. On n'a pas idée de ce que le tabac représente pour eux.

La cigarette de Charlie se promenait d'un bout à l'autre de sa bouche comme un petit animal apprivoisé et quand elle a eu fini de se consumer, elle est restée à la commissure de ses lèvres. Il n'avait toujours pas dit un mot.

J'ai d'abord cru que c'était lui, Ed Boychuck, ou Ted ou Edward, l'homme qui avait survécu aux Grands Feux et qui avait fui sa vie dans la forêt. On ne le voyait qu'occasionnellement à l'hôtel où j'avais dormi la veille. L'hôtel était une absurdité, une construction immense au milieu de nulle part, trois étages de ce qui avait probablement été la grande classe et qui n'était qu'un débris de civilisation en pleine forêt. Celui que j'ai pris pour le propriétaire et qui n'était que le gérant, appelle-moi Steve, m'a-t-il dit après un début de conversation, m'a expliqué que l'hôtel avait été construit par un hurluberlu couvert de feuillards, un Libanais qui avait fait fortune dans l'alcool frelaté et qui s'était amusé à la perdre dans des constructions mégalomanes. Il avait cru que la ligne de chemin de fer ferait un ricochet vers ce qui promettait d'être un nouveau Klondyke et il avait voulu être le premier à ramasser la clientèle qui s'annonçait. Sa dernière toquade, a dit Steve. Le Klondyke était une immense supercherie, aucun train n'est venu cracher sa fumée devant l'hôtel grand luxe du Libanais et l'homme s'en est allé aux États-Unis où il s'est répandu dans une chaîne hôtelière pour routiers.

J'aime ces endroits qui ont abandonné toute coquetterie, toute afféterie, et qui s'accrochent à une idée en attendant que le temps vienne leur donner raison. La prospérité, le chemin de fer, les vieux copains, je ne sais pas ce qu'ils attendent. La région a plusieurs de ces endroits qui résistent à leur propre usure et qui se plaisent dans cette solitude délabrée.

Mon logeur m'avait entretenue toute la soirée des misères qu'on y vit, mais je n'étais pas dupe. Il était fier de me raconter ses histoires d'ours dévorés par les tiques et la faim qui vous attendent au pas de votre porte, de ces bruits qui geignent et grincent au vent la nuit, et les moustiques, je ne t'ai pas parlé des moustiques, en juin, ils y sont tous, les maringouins, les mouches noires, les brûlots, les taons, mieux vaut ne pas se laver, y a rien comme un cuir épais pour se protéger contre ces petites bêtes-là, et les froids de janvier, ah! les froids de janvier, il n'y a pas plus grand objet de fierté dans le Nord, et mon logeur n'allait pas manquer de s'en plaindre pour que j'admire discrètement son courage.

— Et Boychuck?

— Boychuck, c'est une blessure ouverte.

L'homme muet et immobile au pas de sa porte ne pouvait pas être celui que je cherchais. Trop calme, trop solide, presque débonnaire malgré ce regard qui fouillait le mien à la recherche de ce qui s'y cachait. Animal, c'est le mot qui m'est venu en tête. Il avait un regard animal. Rien de féroce ou de menaçant, Charlie n'était pas une bête sauvage, il était simplement aux aguets, comme un animal, toujours à se demander ce qu'il y a derrière un mouvement, un éclat de lumière, un sourire trop appuyé, des paroles trop fluides. Et les miennes, mes paroles, malgré la conviction que j'y mettais, n'avaient toujours pas réussi à le persuader de m'ouvrir sa porte.

On n'arrive pas chez des gens qui ont près d'un siècle derrière eux avec un boniment de dernière minute. Il faut du doigté, de l'habileté, mais pas trop, les vieillards s'y connaissent dans l'art de la conversation, ils n'ont que ça dans les dernières années de leur vie, des propos trop astiqués incitent à la méfiance.

J'avais commencé par quelques mots à l'adresse de son chien, une belle bête, un mélange de terre-neuve et de labrador, qui avait cessé d'aboyer mais gardait l'œil sur moi.

Belle bête, j'ai dit, autant pour féliciter le chien que son maître. Labrador ? Pour seule réponse, j'ai eu droit à un hochement de tête et un regard qui m'indiquait qu'il attendait la suite. Je n'avais quand même pas fait tout ce chemin pour lui parler de son chien.

Je suis photographe, ai-je dit aussitôt. Il fallait dissiper tout malentendu. Je n'avais rien à lui vendre, aucune mauvaise nouvelle à lui annoncer, je n'étais ni travailleuse sociale ni infirmière, je n'étais surtout pas du gouvernement, la pire des engeances, j'ai pu le constater chez tous les vieillards que j'ai visités. Vous êtes pas du gouvernement, j'espère ? La question, si je mets trop de temps à expliquer ma présence, ne tarde pas. On ne veut pas d'un fonctionnaire qui vient vous dire qu'il y a quelque chose qui cloche dans votre vie, là dans les papiers, il y a des lettres, des chiffres qui ne correspondent pas, le dossier souffre d'incohérence. Et moi, je souffre pas, vous croyez ? Dehors, le gouvernement, allez, ouste !

Je suis photographe, ai-je encore dit, je fais des photos des personnes qui ont survécu aux Grands Feux.

Boychuck avait perdu toute sa famille dans le Grand Feu de 1916, un drame qu'il a porté en lui partout où il a tenté de faire sa vie.

L'homme que j'avais devant moi ne portait pas de blessure en lui, il était lisse et compact, un bonze de pierre, rien ne pouvait l'atteindre, me semblait-il, jusqu'à ce que je le voie lever les yeux au ciel, s'assombrir de la menace des nuages, de plus en plus lourds, de plus en plus gravides, et le regard de Charlie, quand il est revenu sur moi, avait l'éclair de l'orage qui s'annonçait. Un animal, ai-je encore pensé, il ne répond qu'à la nature.

Je lui ai expliqué ce qui m'amenait. En prenant soin de lui donner des noms. Un tel que j'avais rencontré et qui m'avait parlé d'un autre qui en connaissait un autre. Je lui ai expliqué l'itinéraire que j'avais suivi, toutes de vieilles connaissances qui, de l'une à l'autre, me servaient de sauf-conduits et qui m'amenaient ici, un très bel endroit, je comprends que vous ayez choisi d'y vivre, monsieur Boychuck, avec ce lac magnifique à vos pieds et toute cette belle nature qui vous entoure, mais si vous avez quelques minutes, j'aimerais jaser tranquillement de tout ça avec vous.

C'était malhonnête, je savais que je n'avais pas affaire à Boychuck, mais un peu de roublardise est parfois nécessaire.

Le nom de Boychuck l'a atteint plus qu'il n'aurait voulu le laisser paraître. J'ai vu son regard vaciller, et puis le ciel s'est rembruni, la terre s'est couchée, l'orage rageait d'impatience et la voix de Charlie s'est enfin fait entendre.

— Boychuck, il est mort et enterré.

Il n'allait pas m'en dire davantage. J'ai senti à son attitude que l'entretien était clos et que je devais m'en retourner là d'où je venais avec le peu que je venais d'apprendre. Il allait me tourner son gros dos d'ours mal léché quand le ciel s'est ouvert et a déversé son eau. Ça tombait comme sous une douche. Charlie m'a poussée à l'intérieur. Un mouvement que j'ai à peine senti, un geste d'autorité naturelle, il a ouvert la porte moustiquaire et, sa main dans mon dos, lourde et légère à la fois, m'a poussée à l'intérieur.

— Entre, tu vas te faire mouiller.

La voix n'était pas plus amène que le reste. Il est allé directement à son poêle, une cuisinière à bois, un modèle miniature, je n'en avais jamais vu d'aussi minuscule, et il s'est occupé de son feu sans plus se soucier de moi. Son feu était mourant. Il lui a fallu refaire le montage de petit bois, souffler sur les braises noircies, ajouter de l'écorce, souffler encore, et quand les flammes ont jailli, il a refermé la porte de la cuisinière, les tirants d'air, et il est allé à ce que, dans la pénombre, j'ai jugé être un comptoir de cuisine et, au nombre de pommes de terre qu'il s'est mis à éplucher, j'ai compris que j'étais invitée à souper.

La pluie se déversait à grand vacarme sur le toit, elle avait pris de l'ampleur, on ne s'entendait plus par moments, et puis le vent s'en est mêlé, c'étaient des rafales, des engouffrements, des hurlements, et le tonnerre, les éclairs, nous savions tous les deux que je ne pouvais pas retourner à mon pick-up.

— Va falloir que tu dormes ici.

J'ai dormi dans un lit de fourrures comme une princesse des contes anciens. Une couche moelleuse d'ours noir, de renard argenté, de loup cendré et même de carcajou, un brun profond qui luisait d'un éclat très noir dans mon lit de pelleteries. Charlie a été impressionné que je puisse les identifier, surtout le carcajou qui est un animal rare, encore plus rare à l'état de dépouille car il est réputé agressif et intelligent, difficile à piéger. Mais la trappe, a-t-il dit, avec le prix qu'on nous donne pour les peaux, ça vaut plus la peine.

Je l'ai plus d'une fois impressionné au cours de la soirée.

Au sujet d'une fougère, d'un lichen, d'un arbrisseau, dont je connaissais le nom alors que lui, qui en avait une connaissance intime, ne pouvait les nommer. Il pouvait décrire une plante des sous-bois avec la précision d'un maître botaniste, son compagnonnage, ses habitudes de vie, sa façon d'accueillir la rosée, de se protéger contre la sécheresse et les vents brûlants, tout cela il connaissait mais ne savait pas nommer la plante. La maïanthème du Canada, que je lui ai dit, après qu'il se fut demandé si les fruits de la plante étaient vraiment vénéneux. Du poison à perdrix, c'est ainsi qu'il appelait la maïanthème du Canada, une liliacée des sous-bois. Les fruits sont comestibles, lui ai-je expliqué, mais avec modération, si on en mange trop, on peut avoir la diarrhée.

— Comment tu sais tout ça, toi ?

Je ne suis pas botaniste, naturaliste, rien de tout cela, mais vingt ans de vagabondage en leur compagnie m'ont permis de connaître la forêt. J'en ai fait une spécialité, photographe végétative que je me suis appelée, à cause de toutes ces nervures de feuilles sur lesquelles je me suis penchée et de la vie contemplative qui a été la mienne. J'en ai eu marre à un moment donné, j'ai voulu m'humaniser, j'ai voulu des visages, des mains, des regards, je n'en pouvais plus de guetter pendant des heures l'araignée qui va engluer sa proie, et le hasard m'a mise sur la piste des Grands Feux, de leurs survivants, tous des gens très âgés forcément puisque le premier Grand Feu a eu lieu en 1911 et c'est là que la conversation coinçait. Charlie refusait d'aller plus avant dès que le sujet était abordé.

La soirée a été agréable cependant. Il était ravi d'être en

compagnie, ça se voyait, ses traits s'étaient détendus, mais ça ne s'entendait pas, il avait toujours cette voix grommeleuse et sonore qui m'avait fait si forte impression à mon arrivée.

Nous avons parlé de nos vies respectives, la mienne sur les routes, en quête d'un nouveau visage, d'une nouvelle rencontre, et lui, dans sa cabane, à regarder le temps passer, sans autre occupation que celle de vivre. C'était déjà beaucoup, selon lui, et je le croyais sans peine car il y a beaucoup à faire pour ne pas mourir de froid et de faim quand on vit seul au fond des bois. J'ai insisté sur le mot « seul » mais il a flairé le piège. C'était un trappeur, il sentait le danger d'instinct et il n'allait pas se laisser prendre dans une entourloupe aussi mal ficelée.

— J'ai mon Chummy, a-t-il dit en appelant son chien du regard.

Le chien dormait d'un sommeil agité près de la porte, chaque vrombissement de tonnerre lui hérissait le poil de la queue à la tête, puis le calme plat à nouveau, il dormait d'un souffle profond et régulier jusqu'à la secousse suivante.

Il a suffi qu'il entende Charlie prononcer son nom pour qu'il se lève aussitôt et vienne s'étendre aux pieds de son maître.

— Hein, mon Chummy, dis-le à notre visiteuse qu'on fait une bonne équipe ensemble, toi et moi.

La main de Charlie se promenait dans le pelage de la bête, s'arrêtant dans le cou, à la base des oreilles, où elle détectait des masses de poils qu'elle retirait par petites touffes laineuses, elle allait et venait, douce et vigoureuse, experte en grattage et en massage, sur tout le corps de la bête qui grognait de contentement pendant que son maître poursuivait sa conversation avec la visiteuse en ayant, de temps à autre, des mots à son intention.

— Hein, pas vrai, mon Chummy, qu'on est bien ensemble ?

J'étais impressionnée par cette main épaisse et grenue, ankylosée par l'âge, qui se révélait souple et ondoyante dans le pelage de son chien, et plus encore par la voix qui, lorsqu'elle s'adressait au chien, baissait d'un ton, se parait de velours, devenait intime. Il m'a expliqué de cette voix de basse caressante que son Chummy avait peur des orages. C'est le tonnerre qui lui fait peur, a-t-il dit, il faut le rassurer, c'est pour ça que je le garde en dedans quand il y a de l'orage, et la voix de violoncelle s'est perdue quelque part, il a repris ce ton de seigneur des bois qui ne s'en laisse pas imposer.

La main ondoyante et l'intimité veloutée de la voix sont revenues un peu plus tard quand il a déroulé les ballots de fourrure pour me faire un lit.

L'orage n'avait rien perdu de sa force. Le toit gouttait en plein centre de l'unique pièce de la cabane. Charlie connaissait la fuite et il avait déposé une casserole sur le plancher. Le tintement de l'eau dans la casserole, la pluie qui tambourinait aux fenêtres, le pétillement du feu dans la cuisinière et Chummy qui ronronnait d'aise sous les caresses de son maître, la cabane bruissait d'une vie chaude et réconfortante. J'étais ravie de l'invitation à dormir.

Les ballots de fourrure étaient empilés dans un coin. Il y en avait pour le moins une vingtaine. Très pratiques pendant les grands froids de l'hiver, a dit Charlie pour répondre à mon regard étonné, et je l'ai imaginé par un froid de moins cinquante, enseveli sous une montagne de pelleteries, son Chummy probablement dans le lit avec lui, et la cabane sans autre bruit que la cuisinière qui brûle son bois à grandes flambées.

Il ne trappait plus depuis que les écologistes avaient fait tomber les prix, mais il avait gardé ses dernières prises et à chaque fourrure qu'il déroulait, il lui venait une histoire, l'histoire de l'animal qui lui avait laissé sa peau. La voix se faisait de plus en plus lente, de plus en plus ronde au fur et à mesure que l'animal lui revenait en mémoire, l'endroit où il vivait, la piste qu'il avait suivie, la façon dont la bête s'était prise dans le piège, tout cela qu'il me racontait d'une voix chaude et enveloppante. Pauvre petite mère, disait-il en caressant du cuir de sa main une peau de castor, elle n'aurait pas dû se trouver là.

J'aime les histoires, j'aime qu'on me raconte une vie depuis ses débuts, toutes les circonvolutions et tous les soubresauts dans les profondeurs du temps qui font qu'une personne se retrouve soixante ans, quatre-vingts ans plus tard avec ce regard, ces mains, cette façon de vous dire que la vie a été bonne ou mauvaise. Une vieille femme, parmi toutes celles que mes recherches m'ont amenée à rencontrer, m'avait montré ses mains, deux longues mains fines et blanches qui reposaient sur le fleuri de la robe et qu'elle avait étalées sur la table. Regarde, avait-elle dit, pas de tache, pas de crevasse, elles sont comme à vingt ans. Ses mains étaient son plus fier trophée. Elles racontaient cinq enfants nés les uns à la suite des autres, une ferme envolée en fumée, un mari disparu lui aussi dans le Grand Feu de 1916, un logis exigu en ville, des enfants qui ont faim et des ménages, des ménages, des ménages chez qui paie des gages, toute une vie dans l'eau savonneuse et pas une tavelure, pas une craquelure.

Pauvre petite mère, disait Charlie, et j'avais l'impression de me retrouver dans l'une de ces grandes histoires de vie que j'affectionne. Le castor, une femelle de quatre ans, s'était pris dans le piège de Charlie avec trois petits à peine formés dans son ventre. Elle n'aurait pas dû se trouver là, c'est le mâle que je voulais, le gros mâle roux, presque blond, une teinte rare, une fourrure de prix. Je connaissais toute la famille qui habitait dans une hutte sur une baie étroite du lac. Il y avait la mère qui préparait son nid pour le printemps, trois jeunes de la portée de l'année précédente et mon gros pacha doré qui ne s'était laissé prendre dans aucun de mes pièges. J'avais eu un des jeunes mâles en janvier, puis un autre en février, des belles prises, mais rien à voir avec les dorures de mon pacha. D'habitude, je ferme mes pièges en mars, la fourrure perd son lustre à l'approche du printemps, mais je me suis ambitionné, je voulais l'or et j'ai laissé mes pièges ouverts. Pauvre petite mère, elle n'aurait pas dû sortir de son nid.

Il y a eu aussi l'histoire d'un renardeau qui s'était pris une patte dans un collet à lièvres et pleurait comme un bébé, d'un loup qui l'avait suivi et épié tout le long de sa ligne de trappe, d'un ours du printemps contre lequel il avait buté. J'ai mis du temps à m'endormir dans toutes ces vies qui m'ont été racontées. J'avais l'impression d'entendre le loup, le renard et la mère castor soupirer de nostalgie à l'évocation de cette vie qui avait été la leur et qui me servait de literie. Leur odeur animale était forte et prégnante. Je me tournais et retournais en quête d'une bouffée d'air qui ne fût imprégnée de leur odeur. Et puis, il y avait les ronflements de Charlie qui par moments atteignaient des décibels d'enfer et trompetaient en fanfare avec les vrombissements du tonnerre.

Je me suis réveillée tard le matin. La cabane était calme et chaude. On n'entendait que le pétillement du feu dans la cuisinière. Au moment où je replongeais dans le sommeil, j'ai senti le regard de Charlie.

Il était assis à table dans un halo de lumière grise. La pièce était traversée d'un rayon de poussière argentée venu des deux minuscules fenêtres qui se faisaient face. Au centre du rayon lumineux, la tête blanche de Charlie nimbée de gris comme une icône. Il me regardait avec attention et perplexité, un regard lourd de questionnements.

J'ai l'habitude de dormir nue et j'ai cru un instant que je m'étais dévêtue pendant mon sommeil. Un bref coup d'œil m'a rassurée, j'avais encore mon jeans et mon coton ouaté, mais j'ai compris ce qui intriguait et inquiétait le vieil homme, car je me suis découverte en fâcheuse position, le nez enfoui dans une masse de fourrure noire et laineuse, le bras passé au-dessus de cette masse chaude et la main au creux du ventre de l'animal. J'avais dormi avec son Chummy.

Nous nous sommes vitement extirpés du lit, Chummy et moi, pour aller rejoindre Charlie qui n'a pas commenté la situation. Il s'est plutôt employé à me rassurer sur la journée qui s'annonçait, une façon de me dire que le beau temps était revenu et, surtout, de me faire comprendre que je n'avais plus aucune raison de traîner dans le coin.

Il m'a invitée à déjeuner cependant. Au menu, encore des pommes de terre, rissolées cette fois avec des lardons, et un thé très sucré.

La conversation ne parvenait pas à se mettre en train, il y avait un malaise, Charlie ne répondait à mes questions que par des grognements. Je ne m'avoue pas facilement vaincue mais cette fois-ci, il me fallait bien l'admettre, j'allais devoir partir sans rien obtenir de Charlie, pas même une autre histoire de trappe. Et le miracle a eu lieu.

La porte s'est ouverte et Tom est entré.

— Mes excuses, je savais pas que t'avais une fiancée.

Celui-là, on savait aussitôt d'où il venait, il n'avait pas besoin de raconter son histoire. Sa voix brûlée par la boisson et la cigarette trahissait des années à traîner dans les bas-fonds. Grand, osseux, quelques cheveux épars autour d'un crâne dégarni, un œil fixe et l'autre en cavale, tout le contraire de Charlie.

Son œil valide a fait le tour de la pièce et quand il a trouvé ce qu'il cherchait, un seau de métal qu'il a renversé pour s'en faire un siège, j'ai compris que j'étais assise à sa place.

— Qu'est-ce qui t'amène dans le coin, ma belle ?

Je ne suis pas le type de femme qu'on baratine spontanément. J'ai une carrure qui impose le respect et un regard qui transforme n'importe quel importun en statue de sel, mais j'étais ravie de ce « ma belle », une politesse égrillarde du vieil homme qui voulait signifier son habitude des femmes et que je me suis empressée de prendre au vol pour ramener ma quête, les Grands Feux, Boychuck, mort et enterré supposément, mais qui pouvait se trouver en parfaite santé quelque part dans une cabane si je laissais le vieil homme s'emmêler dans ses fanfaronnades.

Tom n'avait connu ni les Grands Feux ni le Boychuck qui avait erré pendant des jours dans les décombres fumants. Faut pas me prendre pour Mathusalem, a-t-il dit en plantant son œil valide dans les miens, je suis trop jeune pour les histoires d'avant Noé, c'est moi le plus jeune ici. Malgré ses prétentions juvéniles, il m'a raconté les histoires anciennes que je connaissais déjà, cette femme qui avait accouché dans le lac où la ville avait trouvé refuge, cette autre qui s'était jetée dans le mur de flammes et l'enfant qui l'avait suivie, et cette autre encore dont on n'avait retrouvé que le jonc de mariage dans la cendre. Il m'a raconté tout cela emmêlé à ses propres histoires, sans se soucier que j'y croie ou pas, l'air de dire, si tu me crois pas, c'est que t'as rien vécu.

De ce qu'il m'a raconté, j'ai compris qu'il avait été passeur d'or, un métier dangereux, si on peut appeler ça un métier, qui s'apparente à ce que font aujourd'hui les jeunes gens qui passent les frontières avec de la cocaïne dissimulée dans leurs valises ou leurs intestins. Tom faisait régulièrement le voyage en train jusqu'à Toronto et New York avec des pépites d'or collées au fond de sa guitare car il a eu aussi une carrière de musicien, fausse ou vraie, je ne le saurai jamais, comme le reste, il y a eu de tout ce matin-là à la table de Charlie. Il y a eu des histoires d'amour. Une femme avait crié son nom sur le quai d'une gare, le train filait, la femme criait encore, une princesse russe qui dansait le flamenco à l'hôtel où il se produisait et qui agitait un poupon au bout de ses bras tandis que le train emportait Tom. Et puis, subitement, sa vie est devenue celle d'un éclopé. Il s'est fait sérieusement tabasser quand il a voulu court-circuiter le high grader qui l'engageait. Il avait attendu les mineurs à la guérite de la mine et avait commencé à leur négocier des pépites pour son propre compte lorsque les hommes de main de son employeur sont arrivés.

— Tu me crois pas ? Comment tu penses que j'ai perdu mon œil ?

Et pendant qu'il poursuivait, car sa vie ne s'était pas arrêtée à son infirmité, il avait eu les jambes cassées, les côtes enfoncées et un œil esquinté, mais le cœur était intact, il a eu d'autres amours, d'autres aventures, et pendant qu'il me racontait cette vie incroyable, je me demandais qui était véritablement cet homme. Il n'était pas du genre à s'accrocher à la solitude d'une cabane au fond des bois.

Charlie m'observait avec un sourire amusé. Depuis le temps, il connaissait les histoires de Tom, les vraies et les fausses, et se demandait sans doute où j'en étais, moi, dans tout ce fatras.

Ils formaient une drôle de paire. Charlie, gros ours bougon qui cachait mal le plaisir qu'il prenait à la conversation, et ce grand efflanqué de Tom qui cherchait à retenir mon attention par tous les moyens.

Qu'est-ce que cet hurluberlu faisait en forêt ? Ces hommes qui ont macéré toute leur vie dans des hôtels crasseux y vieillissent habituellement. J'ai rencontré des vieillards décatis, à peine capables de lever leur verre, qui vivent comme des ombres parmi les buveurs de bière et s'en trouvent fort bien. Ils ont leur table dans un coin retiré, parfois se font inviter, des buveurs qui ont le goût d'un vieux à leur table. On leur demande une histoire, on les taquine, on les bouscule gentiment et puis, on les oublie. Ils se retirent à heures régulières pour une sieste dans leur chambre, au sous-sol habituellement, une chambre sombre et humide, bien souvent sans fenêtre, qui empeste le chausson et le tabac. Ils seraient bien étonnés si on leur demandait s'ils sont heureux. Ils n'ont pas besoin d'être heureux, ils ont leur liberté et ne craignent que la travailleuse sociale qui viendrait la leur enlever. C'est exactement ce que Tom m'a répondu quand je lui ai demandé ce qui l'avait amené dans ce coin perdu.

— La liberté, ma jolie, la liberté de choisir ma vie.

— Et sa mort, a ajouté Charlie.

Et ils sont partis d'un grand éclat de rire.

Tom vivait dans un de ces hôtels caverneux. Il passait le balai, lavait les verres et chassait les mouches. On lui avait donné le titre de concierge mais personne n'était dupe, c'était une façon de préserver la fierté d'un honorable buveur qui avait connu des jours meilleurs. Tom avait éclusé plus que sa part, du scotch principalement. Le scotch, c'était ma boisson, j'ai encore à mes oreilles le son des glaçons dans le verre, rien que d'y penser, j'en frémis. Il lui arrivait d'oublier son âge et de se cuiter comme un jeune homme. C'était des soûleries qui duraient des jours et des nuits et se terminaient dans le délire et les souillures. Ce qui l'a conduit un jour au coma, à l'hôpital et à une travailleuse sociale. Une femme encore plus baraquée que toi, si je peux me permettre. L'énorme travailleuse sociale s'est prise d'affection pour le vieillard et ce fut la fin de la liberté du pauvre Tom. La plus que baraquée voulait son bonheur dans une chambre proprette d'un Seniors'Home et elle s'est engagée dans une bataille de tous les diables pour qu'on reconnaisse son délabrement physique et mental, sa sénilité éthylique et son inaptitude légale à gérer sa vie. Elle avait même réussi à dénicher ses deux enfants, un homme et une femme grisonnants qui se souvenaient vaguement de l'avoir vu dans leur enfance et qui ont signé les papiers.

— J'étais bon pour la poubelle !

— Quand il est arrivé, a poursuivi Charlie qui s'est laissé prendre au récit, il avait l'air d'un levreau qui vient d'échapper à une meute de loups.

Je n'ai pas su comment il s'est rendu jusqu'à cet ermitage au fond des bois, sinon que la décision a été rapide et sans appel.

— En deux minutes, j'avais fait mon baluchon et en route pour la liberté !

Et de s'éclater encore d'une grande salve de rires, accompagné de Charlie qui avait abandonné toute retenue et riait d'un bon rire gras et sonore. Les deux vieillards s'amusaient comme des enfants à l'idée de ce coup assené à toutes les travailleuses sociales de ce monde qui veulent enfermer les vieux dans des mouroirs.

Charlie avait oublié qu'il m'en voulait d'avoir dormi avec son chien et avait un regard presque souriant quand il se posait sur moi. Il s'est levé pour mettre de l'eau à bouillir et pendant qu'il farfouillait dans ses casseroles, Tom s'est lancé dans un échange de piques et amusettes comme s'il était dans un de ces hôtels où il avait fait carrière de pitre aviné et que je représentais à moi seule une salle de rieurs.

— Tu vois ce gros-là qui fait la bobonne, eh bien, tu le vois pas pour de vrai, c'est un fantôme, il est mort il y a quinze ans. Comment t'appelles ça encore, Charlie ?

— Insuffisance rénale.

— Insuffisance rénale que le médecin lui a dit et trois séances de quoi pour mourir à petit feu ?

— Hémodialyse, trois séances d'hémodialyse par semaine.

— C'était trois de trop et notre Charlie a salué bien bas tout ce beau monde qui lui voulait du bien et c'est comme ça qu'il se retrouve aujourd'hui à nous faire du thé. T'as pas des galettes au sucre avec ça, mon Charlie ?

Ils auraient continué comme ça, et de l'un à l'autre, j'aurais su l'histoire de Charlie si je ne m'étais montrée aussi intéressée par la conversation. L'œil de Tom s'est aiguisé au point de devenir une fente noire tandis que l'autre, l'œil fou, allait dans tous les sens pour finalement s'arrêter sur moi.

— T'es pas du gouvernement, j'espère ?

Je me suis demandé lequel des deux était vivant, les yeux de Tom, je veux dire, si l'œil de marbre était le bon ou s'il me fallait plutôt suivre les divagations de l'autre. Cet homme avait plus d'un tour dans son sac. Il était capable des pitreries les plus ridicules, mais il ne fallait pas s'y tromper, sous la clownerie se cachait un vieux singe rusé et l'œil fou pouvait très bien être celui qui vous fouillait l'intérieur pendant que l'œil fixe retenait votre attention.

— Parce que si t'es du gouvernement, autant te le dire tout de suite, tu trouveras rien ici, on n'existe plus pour personne.

Le temps était venu de déballer le mien, mon sac, et de leur montrer les photos de mon portfolio, sinon j'allais perdre le peu de confiance que je m'étais gagné. Je réserve ce moment habituellement à la toute fin de la rencontre, quand je sens que je dois laisser une empreinte pour la rencontre suivante. La séance de photos se fait à la deuxième rencontre. Le sujet a eu le temps de ressasser ses souvenirs et de désirer secrètement mon retour. Personne ne résiste à l'idée d'être au centre de l'attention de quelqu'un d'autre. Le vieillard le plus rétif va se montrer coulant comme du miel quand il me voit arriver la deuxième fois. J'arrive avec mon barda. Mon trépied, ma Wista à soufflet et mon voile noir. Je fais de la photo à l'ancienne. Pour la précision du grain qui va chercher la lumière dans le creux de la chair et pour la lenteur du cérémonial.

Mon portfolio contient une centaine de photos, des portraits pour la plupart, mais il y a aussi des clichés pris sur le vif avec ma Nikon et qui n'ont d'autre but que d'apprivoiser le sujet à la première rencontre.

Charlie n'a reconnu personne parmi mes photos, mais Tom a retrouvé plusieurs de ses connaissances. Une femme aux yeux d'un bleu délicat, Mary Gyokery, qu'il avait connue aux bras d'un ami. Peter Langford, une grande carcasse décharnée qui avait été champion de boxe. Andrew Ross, regard voilé de cataractes, sourire édenté, qui m'a gardée une journée dans son petit deux pièces et demie à me raconter les quatre heures qu'il avait passé dans le lac Porcupine pendant que la ville brûlait. Samuel Dufaux, le miraculé, on l'a découvert dans un ruisseau, pataugeant avec un chien à qui il avait été confié. Sa mère avait couru ensuite à la maison pour aider son mari à combattre le feu. Morts tous les deux. Tom l'a connu adulte, riche et en fête. Il venait de découvrir une minéralisation de cuivre et célébrait l'événement à l'hôtel où Tom grattait de la guitare. Il avait les poches bourrées d'argent, plein d'amis autour de lui, et notre homme s'est réveillé un beau matin avec plus rien dans les poches. Sans le sou, mais heureux, il pouvait retourner tâter de la roche dans les bois.

— Et Boychuck ? Il a prospecté lui aussi ?

Je savais que Boychuck avait tâté de la roche un certain temps, mais l'occasion était trop belle, je n'allais pas la laisser passer.

Les deux yeux de Tom se sont presque rejoints.

— Ted est mort, ma jolie, et pas plus tard que la semaine dernière. J'ai encore des ampoules aux mains d'avoir creusé sa tombe.

Des ampoules aux mains, tu parles ! Ces vieux-là ont la paume cornée jusqu'à l'os, ce ne sont pas quelques heures de pelle qui vont leur faire un pli.

Je n'ai pu empêcher un sourire en coin. C'est ce qui les

a convaincus, ma moue sceptique, de m'amener là où ils avaient enterré Boychuck. Pour satisfaire ma curiosité et ensuite, adieu la visiteuse, je devais m'en retourner d'où je venais. Rien n'a été dit, mais c'était entendu.

Nous sommes donc partis en cortège, Tom, Charlie, moi et leurs deux chiens, car Tom avait aussi le sien, un labrador blond répondant au nom de Drink, en souvenir du tintement des glaçons.

Nous avons longé le lac sur une centaine de mètres puis nous sommes revenus à la forêt par un sentier bien découpé, des marques de machette encore fraîches et le sol presque lisse, on pouvait y marcher comme sur un tapis.

Un chien est venu à notre rencontre. Très étrange celui-là, un mélange pas très réussi de malamute et de labrador, mais c'est surtout dans le regard de la bête que ça n'allait pas, un œil bleu acier et l'autre brun velours. J'avais l'impression d'être observée par un troisième œil, planté au centre de l'arabesque frontale du malamute.

— Kino, le chien de Ted, a dit Tom en guise de présentation.

À la sortie du sentier, les chiens ont couru à une cabane entourée elle aussi comme chez Charlie d'un ramassis de constructions diverses. L'endroit était ravissant. La colline qui descendait en pente douce jusqu'au lac était couverte d'un vert puissant, une forêt de conifères qui absorbait la lumière de cette belle matinée de soleil et la répandait comme un long fleuve tranquille. C'était d'un calme majestueux. L'îlot de bicoques, logé dans une large éclaircie de forêt au pied de la colline, était touchant de fragilité.

Petit poste d'observation adossé aux remparts de la forêt, il avait l'immensité du lac qui s'offrait à lui. J'imaginais les matins de Boychuck à contempler tout cela.

Ce qu'ils m'ont désigné comme étant sa sépulture pouvait effectivement l'être. La terre avait été remuée de frais sur une longueur pouvant convenir à un homme de taille moyenne mais rien n'indiquait qu'il y eût inhumation. Pas de croix, aucune inscription, rien qui pût témoigner d'une présence humaine dûment inhumée et, ce qui me faisait le plus douter que le corps de Boychuck s'y trouvait, une absence totale de recueillement chez les deux vieux. Ils se sont allumé une cigarette et ont discuté tranquillement entre eux. Ils n'ont fait aucune objection quand les chiens se sont étendus chacun leur tour et de tout leur long sur le rectangle de terre funéraire.

Il était temps de partir. Je n'avais plus aucune raison de m'attarder. Je me suis quand même informée de la raison du décès.

— Mort de sa mort, m'a répondu Tom, à notre âge, on meurt pas autrement.

Il n'y a pas eu d'adieux. Ils m'ont laissée partir sans autre salutation qu'un geste de la main quand je me suis tournée vers eux avant de m'engager dans le sentier qui me ramènerait à mon pick-up. Chummy, le seul être civilisé du groupe, m'a raccompagnée jusqu'au sentier. J'ai eu le temps de prendre quelques clichés avant que Charlie ne le rappelle.

Sur le chemin du retour, j'essayais d'imaginer les pensées qui s'agitaient dans la tête du pauvre Charlie. Je lui avais crié que je lui rapporterais des photos de son chien. Il croyait s'être débarrassé de moi et il lui fallait maintenant penser qu'il y aurait une prochaine fois.

Je me suis fourvoyée sur le chemin du retour. Les indications de mon logeur de l'avant-veille n'étaient plus aussi claires et je me suis emmêlée dans un enchevêtrement de chemins qui m'ont conduite à un lac baigné de lumière, le même lac qui chaque matin accueillait mes vieux amis et le long duquel courait une route de sable compacte et solide qui m'a menée en droite ligne à l'hôtel esseulé d'où j'étais partie.

Mon logeur m'avait trompée. Il m'avait fait faire une longue boucle de kilomètres inutiles à l'ouest alors qu'il y avait cette route à l'est qui menait directement à Boychuck et à ses compagnons.

Ils avaient un protecteur, un homme qui accueillait les questions des voyageurs, leur racontait n'importe quoi, les envoyait n'importe où, il était le gardien des clefs de leur ermitage. J'étais à la fois intriguée et émue par autant de précautions pour préserver une vie libre et difficile au fond des bois.

Boychuck ou pas de Boychuck, je savais que je reviendrais.

*L'histoire a un autre témoin et il arrive bientôt sur les lieux.*

*À le voir comme ça, on lui donnerait la jeune trentaine, mais il a plus de quarante ans et croit n'en avoir que vingt. Il a de longs muscles souples, des cheveux ramassés en catogan, un anneau à l'oreille et si on allait plus loin, dans sa tête disons, on y verrait une incroyable débauche d'idées, il est continuellement en quête de quelque chose.*

*Il conduit un Honda TRX 350, un modèle récent, et traîne une mini-remorque sur la route qui longe le lac. Quand il arrive en vue de la cabane de Charlie, il lève les yeux vers le toit, un geste qu'il a toujours, une façon de vérifier si la cheminée fume, si Charlie y est, s'il est vivant.*

*C'est un habitué des lieux.*

*L'hiver, il vient moins souvent. Il arrive alors avec sa grosse motoneige, une Skandic, une machine puissante qui n'a pas peur de la neige épaisse et qu'il lance parfois à plein régime sur le lac gelé. Debout sur son pur-sang, il surfe sur les dunes de neige durcie par le vent, il vole de l'une à l'autre, explorant le vide, la sensation d'échapper à tout, d'être au-delà de lui-*

*même, il se grise de vitesse et de froid, puis revient vers la cabane de Charlie. Il a pu voir les trois colonnes de fumée s'échappant dans le ciel.*

*C'est aussi un être de liberté mais ce n'est pas le gardien des clefs.*

*Il s'appelle Bruno.*

# Bruno

Ils n'étaient pas fiers de m'annoncer qu'ils avaient eu une visiteuse. Elle prétendait être photographe. Mais il leur a d'abord fallu m'annoncer la mort de Ted. J'aurais dû m'y attendre. Il était tellement vieux. Mais trop vieux pour se donner la peine de mourir, il me semblait.

Mort de sa mort, m'a assuré Tom, et j'ai cherché Charlie du regard. Ces deux-là formaient une caisse de résonance. Quand on voulait savoir si Tom disait la vérité, on jetait un œil sur Charlie. Il n'y a pas eu de note dissonante dans le regard de Charlie. Ted était bel et bien mort de façon naturelle.

Nous savions tous les trois ce qu'il importait de savoir.

Il y avait un pacte de mort entre mes p'tits vieux. Je ne dis pas suicide, ils n'aimaient pas le mot. Trop lourd, trop pathétique pour une chose qui, en fin de compte, ne les impressionnait pas tellement. Ce qui leur importait, c'était d'être libres, autant dans la vie qu'à la mort, et ils avaient conclu une entente. Encore là, pas de serment sur le cœur, rien de pathétique, simplement la parole donnée de l'un à l'autre que rien ne serait fait pour empêcher ce qui devait être fait si l'un devenait malade au point de ne plus pouvoir marcher, s'il devenait un poids pour lui-même et les autres. L'entente ne valait pas pour une fracture à une main ou un bras, un manchot peut encore se débrouiller, mais les jambes, il n'y a pas plus important en forêt. La locomotion, comme disait Tom en insistant sur les « o » comme s'ils devaient marcher en les prononçant. L'entente disait aussi que, s'il le fallait, ils aideraient. Ils ne laisseraient pas l'autre se dissoudre dans la souffrance et l'indignité en regardant le ciel.

J'avais été mis au courant il y a longtemps. Par un hasard de conversation, ils n'étaient pas du genre à faire des révélations à grandes volées de cloches. Quand l'important arrivait, ils le bougonnaient comme le reste, Charlie surtout qui était un maître marmotteur. Tom, lui, n'a jamais perdu son bagout de roulure d'hôtel et il tournait tout à la blague. Mais il ne fallait pas s'y fier, son œil d'épervier était là qui vous guettait. C'est avec lui qu'il fallait discuter. Quant à Ted, il fallait être attentif pour suivre le ruminement de sa pensée.

Les conversations se faisaient dans la cabane de Charlie, la plus confortable. Celle de Tom était une vraie souille. Nous passions des heures, parfois des journées entières, à jouer aux cartes en laissant nos pensées se dire d'elles-mêmes.

Ted ne s'était pas joint à nous, ne le faisait jamais, mais je sais qu'il était lié à l'entente.

— La mort, on en fait notre affaire, avait lancé Tom.

Nous étions en février, une journée de neige et de grand vent, une de ces journées qui vous tiennent au chaud près d'un bon feu, et nous avions une partie de poker en train. J'étais arrivé l'avant-veille. L'hiver, je venais moins souvent. J'arrivais un peu comme le père Noël avec mes poches de ravitaillement. Mon traîneau de ski-doo en était plein. Des fruits, des légumes, des gâteaux, du frais et du moelleux pour mes p'tits vieux et des gâteries plus substantielles comme des parkas, des caleçons longs, une tronçonneuse, un fanal à naphta, parfois aussi les journaux. Ça les amusait de voir comment le monde se débrouillait sans eux.

Cette fois-ci, j'avais une tarière à essence. Grande innovation, ils n'auraient plus à s'échiner sur leur pic à glace. La tarière leur ferait un trou en un rien de temps sur le lac et ils auraient de l'eau en abondance. Et du poisson, avait ajouté Charlie qui avait voulu essayer l'engin sur un lac voisin où le brochet, disait-il, était tellement noir qu'il en était bleu. Mais un blizzard s'est levé qui nous a tenus deux jours à jouer au poker et Charlie n'en démordait pas, il voulait son brochet bleu nuit.

— Demain, qu'il neige, qu'il vente, qu'il nous tombe des tonnes de merde, je vais à la pêche, a-t-il annoncé en même temps qu'un full aux rois.

— Et qui c'est qui va te retrouver gelé et en grimaces ?

Tom ne faisait pas le poids. Une paire de valets.

— T'inquiète pas, je vais m'organiser pour avoir un sourire dans la face en mourant.

Moi non plus, je ne faisais pas le poids. Pas une seule petite paire et cette question stupide.

— Tu veux encore aller au-devant de la mort, Charlie ?

Silence et sourires entendus de part et d'autre de la table.

— Personne ici n'a donc peur de la mort ?

J'étais nul, vraiment.

— Sors donc ta boîte de sel, Charlie.

La boîte était sur la tablette au-dessus du lit de Charlie. Une petite boîte en fer-blanc de forme cylindrique. Elle contenait des cristaux blancs de la taille du sel à marinade. De la strychnine. Du poison à renard, m'ont-ils expliqué, un reliquat de trappe, ça vous tue un renard en trois secondes et un homme en moins de dix.

Chacun avait sa boîte de sel et s'il fallait un jour aider, chacun savait où était la boîte de l'autre.

Je me croyais un dur, capable d'en encaisser, mais de les entendre discuter de leur propre mort comme s'il s'agissait d'aller pisser ou d'écraser un pou, j'avais le cœur à vomir.

— La mort, on en fait notre affaire, avait lancé Tom du haut de sa voix éraillée.

Et puis, plus calmement, car il avait senti mon malaise :

— T'es trop jeune, essaye pas de comprendre.

Charlie, à son habitude, l'avait laissé faire son raffut avant de mettre son point.

— J'ai déjà eu une deuxième vie gratis, je vois pas ce que je ferais d'une troisième.

Je connaissais l'histoire de Charlie. Il me l'avait racontée. Pas banale, son histoire. Marié, deux enfants, un emploi aux Postes, mais trappeur de fin de semaine. Tout est là, trappeur. Ce n'est plus un métier, même pas un loisir, c'est une incongruité, un anachronisme, une abomination, pensez donc, un tueur de bêtes sauvages ! Les enfants du voisinage le suivaient dans la rue et l'espionnaient par le soupirail de la cave où il grattait ses peaux. Il pouvait sentir leur sentiment de terreur dans les murmures qui se rendaient jusqu'à lui.

Et pourtant, c'est dans la forêt qu'il prenait la mesure de son être, qu'il respirait l'air du monde, qu'il sentait son appartenance à la puissance de l'univers.

Au fur et à mesure qu'il avançait en âge, il avait développé l'espoir de pouvoir y mourir un jour, comme une bête, sans lamentos ni visages éplorés, rien que le silence de la forêt venu saluer une de ses créatures qui s'en va rejoindre les mânes du castor, de la belette, du vison, du renard, du lynx, ses véritables compagnons.

Et voilà que son médecin, en lui annonçant une insuffisance rénale et trois séances hebdomadaires d'hémodialyse, lui offrait une mort honorable.

Il était alors retraité, ses enfants partis depuis longtemps, sa femme assurée d'une pension. Il a fait le nécessaire à la banque et chez le notaire et il est allé attendre la mort.

— Je me suis installé dans mon camp de trappe et j'ai attendu de mourir, mais comme ça ne venait pas, l'idée m'est venue qu'une deuxième vie m'était donnée. Celle-là, j'ai décidé de la vivre à mon goût.

Il a attendu une semaine et puis, il a laissé son camp comme s'il était parti pour sa ligne de trappe.

— Il y a certainement eu des recherches pour retrouver mon corps, mais mon terrain de trappe était tellement grand. On pouvait supposer n'importe quoi, que je m'étais noyé, que je pourrissais quelque part dans le muskeg. Ma mort officielle n'a pas posé problème, j'en suis certain.

Et l'insuffisance rénale?

— Je pisse aussi bien que n'importe qui. Les docteurs, c'est pas des magiciens, ils font des erreurs comme tout le monde. Le mien s'est trompé.

Charlie est donc arrivé un jour avec son paquetage et Ted l'a laissé s'installer près de son campement. Tom est arrivé quelques années plus tard. Il faut croire que Ted a jugé qu'ils avaient en eux ce qu'il fallait, sinon il n'aurait rien permis.

Ted était un être brisé, Charlie un amoureux de la nature et Tom avait vécu tout ce qu'il est permis de vivre. Une journée après l'autre, ils ont vieilli ensemble, ils ont atteint le grand âge. Ils avaient laissé derrière eux une vie sur laquelle ils avaient fermé la porte. Aucune envie d'y revenir, aucune autre envie que se lever le matin avec le sentiment d'avoir une journée bien à eux et personne qui trouve à y redire.

À eux trois, ils ont formé un compagnonnage qui avait assez d'ampleur et de distance pour permettre à chacun de se croire seul sur sa planète. Chacun disposait d'un campement autonome avec vue sur le lac, mais impossible d'apercevoir son voisin, ils avaient pris soin de laisser une épaisse lisière de forêt de l'un à l'autre.

Le campement de Charlie était le mieux entretenu. Quatre cabanes. L'une pour y habiter, l'autre pour le bois de chauffage, une chiotte, une remise et rien qui traînait autour. Pas une pelle, pas une hache, rien n'était laissé à l'abandon, alors que chez Tom, il fallait lever les yeux vers la cheminée pour deviner sa cabane d'habitation tellement tout était encombré et mal fichu.

Quant à Ted, personne n'avait mis les pieds chez lui. Impossible de suivre les traces de sa pensée sur ses murs, impossible de savoir de quoi s'alimentait son regard. Ted s'enfermait pendant des jours, des semaines, pendant tous les mois d'hiver et ils sont interminables les mois d'hiver dans le Nord. On voyait sa trace dans la neige, on savait alors qu'il était allé lever ses collets à lièvres. On voyait un nid de copeaux près de sa remise à bois, on savait qu'il s'était fait une provision de bois d'allumage. Mais lui, on ne le voyait pas, pendant des mois on ne le voyait pas, et puis subitement, il apparaissait.

J'hésite à dire que Ted était peintre tellement ce que nous avons trouvé dans ses cabanes ne ressemblait à rien, mais c'est ce qui l'occupait pendant les longs mois d'hiver et c'est ce qui l'a convaincu de me laisser planter ma marijuana dans sa forêt.

J'étais arrivé là en suivant la légende Boychuck. Le garçon qui avait marché dans les décombres fumants, l'homme qui avait fui ses fantômes dans la forêt, un des derniers survivants du Grand Feu de Matheson de 1916. Cette histoire, je l'avais entendue à peu près partout. Les petites villes du Nord aiment ressasser leurs histoires. Suffit de s'installer à un bar et après deux ou trois bières, quelqu'un vient s'asseoir à vos côtés et si vous lui en laissez le temps, il vous racontera tout ce que vous voulez.

Une blessure ouverte, disait-on le plus souvent.

C'est ce que Steve m'a dit aussi.

Steve, c'est le désenchantement absolu, un homme qui n'a ni ambition ni vanité. Il régnait sur un domaine avec une totale insouciance. L'hôtel ne lui appartenait pas. Le propriétaire l'avait laissé à sa gérance, autant dire à l'abandon.

Son regard distancié, c'est ce qui m'a plu en lui.

Nous en étions à notre deuxième joint. Steve était très amateur, il inhalait avec une ferveur que je n'ai vue chez personne d'autre.

Nous étions installés dans la lenteur que j'aime et il m'a lancé, comme si nous avions discuté du sujet pendant des heures :

— Un endroit idéal pour ce que tu cherches.

Ni l'un ni l'autre n'avions parlé de mon projet de plantation. Mais nous savions tous les deux ce qu'il en était. Je n'étais pas venu dans ce coin perdu pour effeuiller la marguerite.

— Un endroit idéal, mais le vieil homme ne sera pas facile à convaincre.

Je suis parti le lendemain par le chemin qu'il m'a indiqué, une route de sable qui m'a mené directement à la cabane du vieil homme.

Ted m'attendait. Il m'avait entendu. Cet homme connaissait sa forêt. Il avait entendu le pas mou de mes espadrilles sur le sable et il m'attendait, assis sur une souche devant sa cabane, l'air de celui qui contemple ses pensées, mais attentif à ma présence. J'aurais presque pu entendre chacun de mes pas qui approchait à son oreille si je n'avais été, moi, assourdi par le discours que je voulais lui tenir.

Broussailleux, long, massif, chemise à carreaux et pantalon Big Bill, il correspondait en tout point à l'idée qu'on se fait de l'homme des bois. Il m'a suffi cependant qu'il me salue du regard pour comprendre qu'il avait connu le monde, qu'il en avait eu plus que sa part.

J'étais jeune freluquet alors et lui déjà très vieux, la conversation s'annonçait difficile. Il n'a rien fait pour m'aider. Il m'a laissé m'empêtrer dans un discours qui allait dans tous les sens. Moi-même je n'y comprenais rien par bouts. Et lui pas un mot, pas l'ombre d'un mouvement sur sa souche. Il m'a laissé m'enfoncer dans des explications impossibles jusqu'à ce que, n'en pouvant plus de m'entendre, je décide de me taire.

Il m'a allongé un regard.

— Ça pourrait se faire, a-t-il dit simplement.

J'ai eu pendant un instant la vanité de croire que je l'avais saisi dans un vertige, la séduction de l'illégalité, l'occasion de faire un pied de nez au monde qu'il avait rejeté. Mais j'ai vite compris que le vieil homme avait besoin d'argent. Il a négocié l'affaire avec autorité.

Il voulait de la toile de lin, du poil de martre, de la soie de porc, de l'huile de première extraction, des couleurs hautement pigmentées. Tout cela de chez Windsor & Newton, un fournisseur renommé, très cher naturellement, au-dessus de ses moyens, et qui ne se trouvait qu'à Toronto. Il peignait sur du contreplaqué avec des pinceaux qui s'effilochaient et des huiles qui ne gardaient pas leur couleur. C'est Steve qui était chargé de son approvisionnement et il n'allait pas plus loin qu'à la quincaillerie de la ville voisine, deux cents kilomètres aller-retour.

Ted donc peignait. Ce n'était un mystère pour personne. Ses vêtements en étaient tout tachés quand il sortait de son hibernation. J'ai toujours été surpris de voir autant d'éclats de couleur sur ses vêtements. C'est surtout des teintes sombres qu'il me commandait. Du noir charbon, du noir cendré, du gris chaulé, un brun indéfinissable appelé terre d'ombre. Mais ce qu'il jetait sur ses toiles, nous n'en avions pas la moindre idée.

Le campement de Ted était situé à mi-chemin entre ceux de Tom et Charlie. Tous les matins, après avoir nourri son poêle et déjeuné de patates aux lardons, Tom partait en direction de la cabane de Charlie. Tous les matins, Tom passait devant chez Ted et jetait un œil à sa cheminée. Si elle fumait en droite ligne, si elle crachotait, hoquetait à petites bouffées ou se répandait en nuage bas, tout cela était décrit chaque matin à Charlie dans leur première conversation de la journée.

La fumée qui s'échappait de la cheminée de Ted était le plus sûr indice qu'il s'était levé ce matin-là, qu'il avait lui aussi allumé son poêle pour ses patates aux lardons, retrouvé ses pensées de la veille et commencé sa journée d'homme vivant et solitaire.

J'étudiais les cheminées avec la même attention. Il fallait bien m'attendre à ce qu'un jour, la mort soit passée avant moi. Étrangement, je croyais que Tom aurait été le premier emporté. C'était le moins âgé des trois, encore plein des turbulences de sa vie d'autrefois, jamais tranquille, toujours à raconter ci ou ça, mais amoché par des folies de jeunesse, borgne, le souffle court et une patte folle. J'ai toujours estimé qu'il n'avait pas ce qu'il fallait et pourtant il tenait bon.

La mort, ils en parlaient comme de la pluie et du beau temps, il a bien fallu m'y habituer.

— Belle journée.

— Ouais, belle journée pour mourir.

Ce n'était ni triste ni douloureux, tout juste une éventualité qu'ils évoquaient comme n'importe quoi d'autre. Ils s'amusaient d'être devenus si vieux, oubliés de tous, libres d'eux-mêmes. Ils avaient le sentiment d'avoir brouillé les pistes derrière eux.

Charlie et Tom s'asticotaient tranquillement comme d'habitude.

— Penses-tu mourir aujourd'hui, mon Charlie ?

— Si j'ai une autre nuit comme ça, peut-être demain. Mais s'il faut que ce soit demain, je voudrais que ce soit au coucher du soleil. J'ai toujours voulu mourir devant un coucher de soleil.

— Demain à la brunante donc.

— C'est ça, à la brunante. Mais si ça tardait trop, je remettrais ça à plus tard. Je veux pas mourir dans le noir.

— Et pas dans le noir. Si tu fais trop de caprices, mon Charlie, elle voudra jamais de toi, tu vas dépasser le cap des cent ans et rendu là, t'es vieux, vraiment vieux, tu vaux plus rien, tu vaux même plus ta merde.

Et Tom de me prendre à témoin :

— Cette tête de mule se décidera jamais à mourir.

Puis un silence. Ce qui n'inquiétait personne. Nous

étions habitués à ces silences où chacun allait rejoindre ses propres pensées.

Le silence cette fois-ci était long, enfumé et lourd.

J'ai su que la conversation n'allait pas repartir sur une banalité quand Charlie s'est ramassé en boule au-dessus de sa tasse de thé et qu'il m'a jeté un œil avant de se pencher à nouveau sur sa tasse comme si ce qu'il avait à dire lui était destiné.

— Ted est mort.

J'aurais dû m'y attendre, ça devait arriver un jour, mais je n'étais pas prêt, on ne l'est jamais, et ç'a été fulgurant. Un tranchant qui m'a traversé de part en part.

Ted était un homme fait pour l'éternité, il ne pouvait pas mourir dans son lit comme n'importe qui, sans autre signe qu'une cheminée muette.

Il n'avait sur lui qu'un tricot de corps et un caleçon long quand ils l'ont découvert dans son lit, à moitié recouvert d'un drap, aucune trace de lutte contre la douleur et, s'est empressé de préciser Charlie, pas d'écume à la bouche.

— Pas d'écume, vous en êtes certains ?

Je voulais m'en assurer. L'idée de la mort par strychnine m'a toujours déplu, ils en plaisantaient à leur aise, mais moi ça me tordait le cœur.

— Mort de sa mort, a encore dit Tom.

Et Charlie d'ajouter qu'il y avait presque un sourire sur ses lèvres tellement il avait l'air content de partir.

— Le sourire chez un mort, c'est une dernière politesse.

Ted qui laisse un sourire à son cadavre, difficile à imaginer, je ne l'avais jamais vu sourire.

J'ai voulu voir là où ils l'avaient enterré.

Nous sommes donc partis. Les chiens en tête de file, Charlie, son pas d'ours lourd et silencieux, Tom clopinant à ses côtés, et moi qui fermais la marche. On aurait presque cru à une belle journée d'été, à des travaux qui nous espéraient quelque part et Ted assis sur une souche devant sa porte qui nous attendait. Mais Ted n'allait plus être de nos travaux. Plus d'abattage d'arbres pour Ted, plus de cabane à remettre en état, plus de sentiers à entretenir, plus de chasse à l'orignal. Ted souriait à son cadavre quelque part sous la terre.

Des pousses d'herbe avaient commencé à faire leur apparition sur sa sépulture. Un rectangle de terre aux dimensions bien modestes, me semblait-il, pour l'homme qu'il avait été. Sa cabane était à quelques mètres, sans vie, sans le moindre filet de fumée. C'est vers elle qu'allaient nos pensées. La dépouille enterrée à nos pieds n'était rien, le véritable monument funéraire de Ted était sa cabane.

Il fallait y aller. Pour lui rendre un dernier hommage ou par curiosité, je n'aurais su dire. J'avais la conviction qu'il fallait entrer dans sa cabane, voir ce qu'il avait eu sous les yeux pendant toutes ces années, sentir les odeurs dont il s'était entouré. Voir, sentir, entendre, toucher. Il fallait nous imprégner de la vie de Ted pour lui faire nos adieux.

Nous y sommes allés. Moi devant, Tom et Charlie qui ont traîné un moment derrière. Ils y étaient entrés pour en sortir le cadavre mais hésitaient maintenant.

À première vue, rien de vraiment différent de la cabane de Charlie. Une pièce de vingt mètres carrés. Deux fenêtres qui se regardent. Sous celle de droite, un évier de vieille fonte émaillée et un comptoir qui n'était en fait qu'un allongement de planches recouvertes d'un linoléum au bout duquel trônait le poêle à bois, la pièce maîtresse de toute cabane qui se respecte. Au fond, dans le coin le plus sombre, la chambre à coucher, un matelas sur une base de bois équarri à la hache. La salle à manger, contrairement à la règle, logeait dans l'autre coin sombre de la pièce. Une table, bois équarri encore, et une seule chaise. Ted ne recevait pas, c'était connu. Et dans la partie la plus ensoleillée, sous la fenêtre de gauche, celle qui donnait sur le sud, un chevalet, toujours le même bois équarri, sur lequel reposait une toile recouverte d'un gris fumeux strié de noir avec quelques touches de couleur. Très incertaines, les couleurs. Du rouge, de l'orangé ou du jaune, difficile à dire. Ça se superposait, ça s'entremêlait, ça s'entre-dévorait. L'étrange impression d'un monde qui se dissout dans un cri étouffé.

Il y avait d'autres tableaux appuyés contre le mur, couverts du même enduit grisâtre et ces quelques éclats de couleur comme des notes flûtées dans un requiem. Rien de bien réjouissant, rien pour laisser un sourire à un cadavre.

Nous avons fait le tour des autres cabanes.

Comme chez Charlie, l'une servait de réserve de bois, une autre de remise, entre les deux, une chiotte, et derrière, sur des fondations beaucoup plus soignées et bien refermée sur elle-même puisqu'elle n'avait aucune fenêtre, une cabane qui avait un cadenas à sa porte.

Un cadenas en forêt, c'est une insulte, une faute grave. Ted le savait et il avait quand même cadenassé la porte de sa cabane.

Nous avons fait sauter le cadenas avec le dos d'une hache et nous nous sommes retrouvés en présence d'une chose incroyable. D'un bout à l'autre de la cabane, des tableaux semblables à ceux que nous venions de voir, des centaines et des centaines de tableaux, cordés les uns contre les autres, et toujours cette impression d'étouffer dans un monde en dissolution.

Les tableaux laissaient un espace libre de quelques pieds au centre de la cabane, une sorte de nef qui recevait un peu de lumière de la porte d'entrée.

C'est là que nous étions, Tom, Charlie et moi, à nous demander ce que nous allions faire de tout ça.

Tom était d'avis qu'on devait laisser la cabane se refermer sur elle-même.

— Le temps va retourner tout ça à la terre.

Charlie n'était pas convaincu.

— Ted a pas fait tout ça rien que pour ajouter une couche d'humus à la terre.

Moi, je n'étais convaincu de rien, j'étais dans la confusion la plus totale. Je les soupçonne d'avoir attendu ce moment pour m'annoncer l'autre nouvelle.

— Nous avons eu une visite.

Ils n'étaient pas fiers d'eux.

Moi non plus.

J'avais aussi une visiteuse à leur annoncer.

*On en arrive maintenant au troisième témoin, Steve, le désenchantement absolu, un homme qui lui aussi a refusé le monde. Il a trouvé sa liberté dans la gérance d'un hôtel qui n'a plus sa raison d'être. On y accède par une route de terre qui elle-même croise une route isolée au-delà de laquelle il n'y a que la forêt et de la lignite, un charbon de misère qui n'intéresse personne, et à moins de se laisser séduire par le chant de la désolation comme la photographe, on a l'impression que le temps s'est distendu, que l'endroit n'a pas de réalité.*

*Steve a peut-être cinquante ans, peut-être moins, il n'a pas d'âge. C'est lui qui accueille les égarés de la route.*

*Ce qu'il faut comprendre de Steve et de Bruno, c'est qu'ils aiment l'illégalité. Leur amitié est basée sur ce besoin qu'ils ont de se sentir de l'autre côté des choses, sur un versant un peu abrupt, un peu glissant, connu d'eux seuls, ce qui leur donne le sentiment d'une liberté extraordinaire.*

*Steve est grand, tout en jambes et en bras, une tension dans le regard et une façon bien à lui de tenir le regard des autres à distance, mais que vous laissiez vos yeux un certain temps dans les siens, il baissera la garde et se laissera approcher. Il n'y a rien qu'il aime tant que discuter avec l'inconnu que lui amène la route, bien qu'il prétende le contraire.*

*Bruno est plus jeune, plus souple, il n'a pas renoncé au monde. Il a des amis partout. Il va et vient, en mouvement toujours, c'est le moins contemplatif de tous ceux que cette histoire concerne.*

*Ils auront encore une fois à déployer leur talent pour l'illégalité puisque leur arrive une autre visiteuse et qu'il faudra lui trouver une nouvelle identité, une nouvelle façon de se démener dans la vie.*

# Steve

Ses cheveux, d'abord ses cheveux, c'est ce que j'ai vu en premier, un ébouriffement de cheveux blancs au-dessus du tableau de bord, des cheveux tellement vaporeux, on aurait dit de la lumière, un éclaboussement de lumière blanche, et sous l'éclat des cheveux, deux yeux noirs effrayés. Elle était toute petite, tassée au fond de la banquette, je ne pouvais rien voir d'autre.

J'avais entendu le moteur de la Suburban de Bruno et j'étais sorti bien avant qu'il n'arrive. La tache blanche dans le pare-brise, vue de loin, pouvait être n'importe quoi. Bruno chargeait sa fourgonnette à ras bord. Des outils, du matériel de construction, des vêtements, des gâteries pour nos vieux.

C'est seulement lorsqu'il est arrivé à ma hauteur que j'ai compris que cette tache blanche était une tête de vieille femme.

Il m'a fait sa salutation habituelle, deux doigts portés à sa casquette, ce qui voulait dire, tout est OK, mais je voyais bien à la lenteur de ses gestes qu'il était tendu au max. Pas un mot, pas une explication après les deux doigts à la casquette, toute son attention était pour la petite chose minuscule, la vieille femme, enfoncée dans la banquette, qui de ses grands yeux noirs absorbait tout ce qui était à voir. Elle était ravie et terrorisée d'être là.

Bruno a ouvert délicatement la portière, l'a refermée sans bruit puis à pas de loup, à pas de chat, rien de tout cela ne lui ressemblait, il est allé ouvrir la portière côté passager et la vieille dame s'est lentement dépliée hors de la banquette. Qui était cette femme? J'ai pensé à une épouse ancienne. Nos vieux avaient laissé derrière eux une vie chargée. J'ai pensé surtout à Charlie qui avait été dûment marié et pouvait être réclamé.

La petite vieille était vraiment minuscule, de la taille d'une enfant de douze ans, très fragile, une poupée de porcelaine, et ne bougeait qu'à petits gestes. Elle s'est appuyée sur le bras que lui a tendu Bruno et à pas de souricette, elle s'est laissé conduire vers ce que j'appelais encore l'hôtel du Libanais malgré le peu qui lui en restait. Le proprio ne m'avait pas demandé de comptes depuis des années.

— Les bagages, m'a fait Bruno en désignant de la tête le siège arrière et je suis allé quérir une valise brune dans le fouillis, au grand soulagement de la vieille qui m'a suivi des yeux.

Nous sommes lentement arrivés dans la grande salle, eux devant et moi derrière. La pièce était impressionnante, j'en conviens, mes rares visiteurs en faisaient le tour d'un regard soupçonneux avant d'y pénétrer. C'est que sur les murs, il y avait les trophées de chasse qu'avaient laissés le propriétaire et ses amis, des panaches d'orignaux, des gueules d'ours grandes ouvertes, des lynx, des loups, griffus, poilus, l'œil féroce, certains naturalisés dans leur entier, arqués sur un socle, prêts à bondir, l'effet était saisissant. J'avais tout gardé en l'état, ne m'étant jamais donné la peine de rien.

Et voici que cette petite vieille dame qui n'avait surtout pas l'air d'une dompteuse de fauves avait quitté le bras de son protecteur et allait d'un pas menu vers la pièce la plus redoutable de mon bestiaire, un lynx blond comme les blés, feulant de toute la férocité de sa grande gueule rose, immortalisé dans un bond puissant, ses deux pattes antérieures prêtes à vous arracher la moitié du corps si vous vous en approchiez. Et c'est ce que la petite vieille a fait. Elle s'est approchée du socle, sa tête vaporeuse à hauteur des pattes arrière qui retenaient le bond de l'animal et elle est demeurée un moment ainsi, immobile et sans mots, puis elle s'est tournée vers nous. Dans son visage tout ridé, il y avait la peur et la fascination de la peur. D'un mince doigt gracile, elle a désigné le monstre empaillé de fureur blonde. Elle n'avait aucune idée de ce que c'était.

— Un lynx, ma tante, c'est un lynx. Venez vous asseoir, je vais vous faire un thé.

Ma tante ?

Il l'a installée dans le fauteuil à bascule près de la fenêtre, la valise à ses pieds, et il est allé à la cuisine. Je l'ai suivi. Il me devait une explication.

— Qu'est-ce que tu nous as amené là ?

— Je sais pas ce qui m'a pris.

— C'est vraiment ta tante ?

— La sœur de mon père, je savais même pas qu'elle existait, personne ne le savait.

— Veux-tu bien me dire pourquoi tu l'as amenée ici ?

— Je sais pas, va falloir que tu m'aides.

Il était nerveux, perdu dans ses gestes, il avait décidé de lui faire un sandwich et il cherchait le jambon dans l'armoire, le pain sous l'évier, ses mains allaient et venaient sans savoir ce qu'elles touchaient.

— Elle s'appelle comment ?

— Gertrude.

— T'es pas sérieux ?

— Oui, mais va falloir lui trouver autre chose.

J'ai à moitié compris mais j'étais rassuré. S'il s'agissait de fournir de faux papiers à la dame, il n'y avait rien de compliqué, nous l'avions fait pour Charlie, puis pour Tom, je ne me souviens d'ailleurs plus de leur nom d'origine. Ted n'en avait pas eu besoin, il ne fuyait personne d'autre que lui-même.

C'est Bruno qui se chargeait de la paperasse, la fausse et la vraie. Il était aux affaires extérieures. Moi et les vieux, on s'occupait de la plantation. Un arrangement qui n'avait pas si mal marché. En quinze ans, personne n'était venu renifler dans nos plates-bandes. Quelques égarés de la route, des chasseurs, des pêcheurs venaient parfois se perdre à ma porte. Ils cherchaient des espaces vierges, là où aucun homme n'a posé son pied d'astronaute. Je les envoyais à l'ouest. Il y avait là suffisamment de vieux chemins forestiers pour les occuper tout un après-midi à tourner en rond. Il y a eu aussi des nostalgiques des Grands Feux, le fan-club de Ted, des mémorialistes, des historiens chargés de magnétophones, de caméras, de serviettes bourrées de papiers. Ceux-là restaient des heures à discuter et s'en retournaient sans demander leur reste, trop heureux de ne pas avoir à se perdre en forêt, ils se contentaient de ce que je leur avais raconté. Il n'y a que la photographe que je n'avais pas réussi à impressionner. Plutôt costaude celle-là et même assez baraquée. Il fallait que j'en glisse un mot à Bruno.

Mais pour le moment, il y avait cette petite vieille qui attendait dans la salle.

— Qu'est-ce qu'elle a fait ? Elle a tué quelqu'un ?

— Ouais, à la hache et de ses blanches mains.

Bon. Pour une conversation sérieuse, il faudrait attendre.

Nous l'avons trouvée assoupie dans le fauteuil à bascule, la tête renversée sur la poitrine, les bras reposant sur ses cuisses, mains ouvertes, elle illuminait toute la pièce.

Nous sommes sortis à reculons, une éternité à compter nos pas, et nous avons lentement refermé la porte sur nous, une autre éternité, la porte grinçait et couinait pour cause de gonds jamais huilés, et nous nous sommes regardés, étonnés de nos gestes précautionneux, gênés plutôt, nous n'en avions pas l'habitude.

Il fallait maintenant qu'il m'explique la présence de cette femme. S'il ne s'agissait que de lui trouver de faux papiers, il n'y avait aucune nécessité de me l'amener. L'affaire était donc plus compliquée.

Beaucoup plus complexe en effet que tout ce que j'aurais pu imaginer, l'histoire de Gertrude devenue par nos bons soins Marie-Desneige est longue, très longue. Elle avait quatre-vingt-deux ans quand Bruno me l'a amenée, et son histoire a commencé soixante-six ans plus tôt quand son père l'a fait admettre dans un hôpital psychiatrique. Elle avait seize ans.

Une histoire révoltante, je n'ai pas cessé d'interrompre Bruno, chaque nouvel élément de son récit ajoutait à l'horreur, je n'arrêtais pas de lui dire c'est révoltant, et lui d'acquiescer, oui, c'est révoltant, et il continuait, malheureux de ce qu'il avait à raconter, mais il continuait. Nous avons passé près d'une heure à nous indigner de l'histoire de Marie-Desneige.

Bruno ne connaissait pas les raisons de son internement. En fait, on ne savait rien d'elle dans la famille de Bruno, on ne savait même pas qu'elle existait, on l'a découverte après la mort de son père, le père de Bruno, dans les papiers du défunt, une lettre dans laquelle Gertrude implorait son frère de la sortir de cet enfer. Elle avait trente-sept ans. La lettre était datée du 15 mai 1951 et portait l'en-tête du Ontario Hospital mais l'adresse, le 999 Queen Street West, contenait tout le drame d'une vie. Le 999 Queen Street West, c'était connu dans toute la province, était l'endroit où l'on recevait des milliers de malades mentaux à Toronto.

Il n'y a pas eu suivi de correspondance. Aucune autre trace de cette femme qui avait signé Ta sœur Gertrude dans les papiers du défunt. La lettre est restée sans réponse.

C'était révoltant, il n'y avait pas d'autre mot, c'est ce que j'ai dit à Bruno, c'est révoltant, et il a hoché la tête, Oui, c'est révoltant, et pourtant, mon père était un homme aimant, il nous a élevés dans le souci des autres et le goût d'aider, mais raisonnablement, c'est ce qui définirait mon père, je crois, le raisonnablement, et c'est ce qu'il y avait de trop raisonnable en lui qui lui a fait peur dans la supposée folie de sa sœur, supposée parce qu'elle n'est pas folle, je te jure, cette femme a toute sa tête.

— Soixante-six ans en asile, c'est pas très raisonnable.

— Non, pas très raisonnable, mais il faut comprendre.

Son père, son grand-père, ses oncles, ses tantes, tous ceux qui l'avaient précédé dans son sang étaient coupables. Une vie avait été gâchée par leur faute. Mais c'était plus fort que lui, il lui fallait défendre son père et son sang.

— Il faut comprendre. C'est l'ignorance, la noirceur, la peur de tout ce qu'on ne voit pas et qu'on ne comprend pas, c'est l'époque qui a fait ça.

Ça ne ressemblait pas à Bruno de défendre les ratés d'une autre époque. Rien de ce qu'il faisait et disait ne lui ressemblait. Il était nerveux, agité, les mains qui voletaient comme des papillons. Son attention était ailleurs, derrière lui. Il était dos à la fenêtre et ne pouvait pas voir ce que moi je pouvais observer à mon aise étant face à la fenêtre et c'était fascinant, tout ce blanc déversé sur la poitrine de la vieille dame qui illuminait la salle.

— Elle dort encore ? s'inquiétait-il par moments.

— Elle dort, t'inquiète pas, allez, continue.

Parce qu'il fallait qu'il continue, il fallait qu'il m'explique pourquoi il m'avait amené sa vieille tante et ce que nous allions en faire. Le problème n'était pas de la loger, j'avais encore quelques chambres potables, la photographe y avait très bien dormi, c'est ce qu'elle m'avait dit, non, le problème était plus sérieux. J'attendais la suite.

La lettre était restée sans réponse. Il avait fallu qu'un homme meure pour qu'on la découvre.

Ma mère, a commencé Bruno, et je savais que ça coincerait, il n'a jamais eu de très bonnes relations avec sa mère.

Sa mère avait été impressionnée plus qu'elle n'était capable de le supporter. La lettre était écrite dans une langue impeccable, pas une seule faute d'orthographe ni de syntaxe. La calligraphie était tout aussi remarquable. Élégante, gracieuse, les boucles fines, les hampes joliment dressées. Tout cela de la main d'une femme internée à l'âge de seize ans.

C'est ce qui avait convaincu sa mère, la lettre sans fautes, de remuer ciel et terre pour retrouver sa parente. Et plus particulièrement le subjonctif. Sa mère avait enseigné pendant trente ans et elle avait été ébranlée de lire des phrases comme Je n'imaginais pas que la cruauté et l'injustice m'eussent fait un si grand mal.

Elle avait donc trouvé sa parente dans une maison en banlieue de Toronto. Une maison où s'entassaient une cinquantaine d'affreux. Des déficients, des infirmes, des fêlés du bol, on ne faisait pas la différence, personne n'en voulait, personne ne les avait réclamés. Ils avaient vécu toute leur vie en institution. Devenus vieux et encombrants, on les avait parqués dans cette maison, deux par chambrette, une salle de télévision gueularde et trois repas par jour.

J'ai compris la colère de Bruno dans la suite de son récit. Parce que les choses n'en sont pas restées là. Sa mère, après sa première visite à sa belle-sœur, a entrepris de lui enjoliver la vie. C'est ce qu'elle disait, lui enjoliver la vie. Elle lui écrivait, lui envoyait des cadeaux, lui téléphonait à Noël, à Pâques, à son anniversaire, elle se répandait en bontés, parlait de sa protégée avec affection, Je viens d'écrire à Gertrude, elle s'ennuie, la pauvre. Elle se plaisait dans cette image qu'elle avait d'elle-même, si bonne et si généreuse, mais rejetait les compliments qu'on lui faisait à ce sujet, C'est si peu de chose, c'est tout ce qu'on peut faire pour elle maintenant, elle a vécu enfermée pendant plus de soixante ans, elle ne supporterait pas de vivre autrement, c'est tout ce qu'on peut lui donner, quelques douceurs en fin de vie.

Jusqu'au jour où n'en pouvant plus de bonté et de compassion, elle l'a invitée chez elle. Ses enfants devenus adultes, elle avait des chambres libres, du temps en abondance, mais quelques jours seulement, la pauvre ne supporterait pas davantage.

— Elle voulait seulement brasser de l'air.

Brasser de l'air, dans la bouche de Bruno, c'est l'inanité sous sa forme la plus envahissante, et sa mère, selon lui, tournait vertigineusement à vide.

C'était quand même injuste. Sa mère avait répondu à l'appel de détresse auquel son père était resté insensible et c'est elle qui se ramassait les injures. C'était injuste et je le lui ai dit.

— Ma mère voulait seulement être en mode action, se dépenser, s'étourdir à tout faire, les repas, les invitations, la fête familiale autour de la parente retrouvée, et puis quand tout est fait, qu'il n'y a plus d'air à brasser, bonjour la visite, on ramène la pauvre folle là où on l'a prise. Sauf qu'il y a eu un os.

L'os, c'est le regard de braise qui était allé chercher Bruno dans le salon encombré d'oncles, de tantes, de cousins et de petits-cousins. Un long regard oblique qui s'était faufilé parmi la foule du salon et qui était allé se loger au creux de l'oreille de Bruno.

— Tout le monde avait défilé devant elle, tout le monde s'étonnait ensuite de son excellente santé mentale, tout le monde commentait et se révoltait gentiment. Je refusais de participer à ce cirque. Mais quand une vieille femme sortie de chez les fous vient vous chercher du regard...

Le neveu rebelle s'était approché de la tante et c'est uniquement quand il s'était penché sur elle qu'il avait compris.

— C'est l'anneau à mon oreille qui l'intriguait.

Elle avait montré du doigt l'anneau à son oreille et lui avait dit sur le ton de la confidence, comme si elle voulait l'avertir d'une grave méprise, Tu t'es trompé, tu es un garçon, pas une fille, et lui, sur le même ton, Vous avez raison, ma tante, en me levant ce matin, j'ai cru que j'étais une fille et elle, qui avait compris le jeu, C'est vrai, c'est pas toujours facile de s'y retrouver le matin et ils avaient ri du même rire.

Cet incident et les autres qui ont suivi, car ils se sont retrouvés très souvent cette journée-là à rire d'un rien qu'ils étaient seuls à voir, ces échappées l'ont convaincu de rester chez sa mère pendant tout le temps que la tante y serait. Sa mère, naturellement, n'y a rien compris. Moi, je comprenais. Cette femme était seule de son espèce, seule sur sa planète et Bruno aime les êtres uniques.

— Elle voit des choses qu'on voit pas.

Au soir du troisième jour, cependant, le rire n'y était plus.

Le départ avait été fixé au lendemain matin et elle suivait les préparatifs d'un œil mauvais. Il ne lui avait pas encore vu ce regard. C'était une colère ramassée très loin au fond d'elle-même, soixante-six années d'internement, un bouillonnement sulfureux, il la sentait sur le point de leur jeter tout cela à la figure et pourtant, elle ne l'a pas fait, elle s'est contenue, soixante-six ans à se retenir, elle savait que la colère n'est pas bonne, que l'autorité punit la colère, et l'autorité en ce moment, c'était ces deux-là qui préparaient sa valise et sa douleur, et c'est vers Bruno qu'elle a tourné ses yeux ensauvagés par la rage de l'impuissance, c'est à lui qu'elle a dit, Je ne veux pas retourner là-bas.

— C'était hier, il y a un siècle, qu'est-ce que t'aurais fait à ma place ?

La même chose, Bruno, j'aurais fait la même chose, je n'aurais pas laissé la vieille tante retourner chez les affreux, mais n'empêche que nous avions un sacré problème sur les bras, un problème qui commençait à dodeliner sérieusement de la tête derrière la fenêtre.

— Et ta mère ?

— T'inquiète, j'en fais mon affaire.

Sa mère ne s'était doutée de rien quand il lui avait offert de faire le voyage à Toronto à sa place. Lui-même ne se doutait de rien, il n'avait d'autre intention que de prolonger le temps passé avec sa tante.

— Je n'avais pas d'autre intention, je te le jure, mais ça s'est pas passé comme ça.

Au fur et à mesure qu'ils descendaient vers le sud, il l'a vue se recroqueviller sur son siège, se refermer en elle-même, elle est devenue un petit animal encagé, et pas un mot, elle n'a pas dit un mot pendant tout le temps où ils ont roulé vers le sud et brusquement, il faut croire que c'était déjà tout décidé sans qu'il le sache, il a fait demi-tour.

— Elle a souri de tous les plis de son visage.

C'est à ce moment, uniquement à ce moment, qu'il a compris qu'il avait pris la direction nord pour l'amener ici, mais pour le reste, ce que nous allions en faire, il ne le savait pas plus que moi.

— Et ta mère ? j'ai insisté, parce qu'il me semblait qu'il y avait là un problème d'importance.

— T'en fais pas avec ma mère, je m'en occupe.

— Et les autres ? À Toronto, ils vont s'inquiéter, ils vont appeler la police.

— T'occupe, je te dis, j'ai mon plan.

La tante était maintenant complètement éveillée, je voyais la tête blanche aller d'un côté et de l'autre, distribuant sa giclée de lumière. Cette femme m'allait droit au cœur. Son histoire était à crever.

Nous sommes retournés dans la grande salle où elle nous attendait avec un sourire d'enfant perdu. Bruno lui a servi un sandwich avec un thé et lui a expliqué de ne pas s'en faire, qu'il s'occupait de tout. Cette nuit, elle dormirait à l'hôtel qu'il a désigné d'un large geste circulaire, et demain on aviserait pour le reste.

Le geste de Bruno désignait les hauts plafonds, les murs lambrissés, les planchers de marqueterie, l'escalier d'honneur tournoyant au-dessus de la grande salle, tout cela de chêne vernissé mais endormi sous la poussière. L'état des lieux n'était pas très invitant. Mais pas un instant, elle n'a semblé s'en inquiéter.

Nous l'avons amenée à sa chambre, la chambre verte, celle que la photographe avait occupée une semaine auparavant. J'ai voulu en glisser un mot à Bruno, mais l'idée encore une fois s'est perdue.

Elle aimait le silence de la chambre. C'est ce qu'elle a dit. J'aime le silence de la chambre.

Nous l'avons installée avec le peu de chose que contenait sa valise. Des articles de toilette, des médicaments, beaucoup de médicaments, et quelques vêtements surannés, entre autres une affreuse robe de chambre violette que Bruno a suspendue d'un air dégoûté dans le placard.

— Une robe de chambre en ratine rose, ça vous dirait, ma tante ?

De la ratine rose !

C'était fait, nous la prenions en charge. Au lieu de m'en alarmer, je me suis senti soulagé, ce qui était encore plus inquiétant.

Nous l'avons laissée à la contemplation du silence de sa chambre et nous sommes descendus dans la grande salle où nous attendaient un bon joint et une bonne discussion, du moins le croyais-je, car en plus du cas de la tante à régler, je n'avais encore rien dit à Bruno au sujet de la photographe et je voulais aussi lui parler de Darling, ma chienne.

On ne vit pas en forêt sans un chien. Ted, Charlie, Tom et moi, nous avions chacun le nôtre. Il nous accompagnait, nous écoutait, nous comprenait. C'est un réconfort de tous les jours, un chien qui vient vous renifler l'aine quand vous pensez n'exister pour personne. J'ai dormi plus d'une fois avec ma Darling. Les nuits étaient froides dans mon cagibi. Je n'ai jamais dormi ailleurs qu'à l'office. J'aurais pu me choisir une chambre à l'étage mais j'ai mes habitudes. C'est là que je dormais du temps du Libanais et c'est là que j'ai continué à dormir quand j'ai eu l'hôtel à moi tout seul.

Darling n'avait pas jappé à l'arrivée de la photographe. C'est ce qui m'inquiétait. Elle s'était tenue bien tranquille, pas un grognement, rien, et puis elle était allée se frotter contre les jambes de la photographe et ne l'avait pas quittée de la soirée. Cette femme avait un don pour les chiens.

Darling était supposée m'avertir quand arrivait quelqu'un. C'est le rôle de tout bon chien, de Darling encore plus, en raison de la plantation et de nos vieux. Ted n'avait rien à redouter de personne, sauf les mémorialistes et autres adorateurs du temps passé, mais Tom et Charlie avaient laissé derrière eux une vie qui pouvait les rattraper. Jerry, l'hôtelier de la ville voisine où j'allais encaisser leurs chèques de pension, me rappelait régulièrement l'illégalité de notre situation en essayant d'augmenter sa quote-part. Mais il avait lui-même trop à cacher, je pouvais lui faire confiance. L'illégalité se débrouille très bien avec les embrouilles des autres. Il n'y a que les cœurs purs qui soient dangereux. Et la photographe, à n'en pas douter, était de cette race. Qu'adviendrait-il de nous, si Darling n'aboyait plus au passage des cœurs purs ?

Je voulais discuter de tout ça avec Bruno. Si j'avais su que Ted était mort, nous en aurions aussi discuté, mais je ne le savais pas. J'aurais dû le savoir, j'aurais dû sentir son absence. Ted était notre modèle, notre inspiration, l'âme des lieux, nous avions tous une grande admiration pour lui. Nous connaissions son histoire. Le garçon qui avait marché dans les décombres fumants. L'homme qui apparaissait et disparaissait. Une blessure ouverte. Ted était une légende. Quand le Libanais l'a vu arriver, il a su que le chemin de fer ne se rendrait jamais à son hôtel. Si Mister Boychuck vient s'installer ici, c'est que l'endroit est condamné. Il m'a remis les clefs et s'en est allé chercher fortune ailleurs.

Nous avons fumé notre joint mais nous n'avons pas discuté de ce qui me tracassait. Bruno était pressé de partir, pressé d'aller au campement des vieux, pressé de mettre son plan à exécution et il allait tout apprendre là-bas, chez les vieux.

*L'histoire s'installe tranquillement. Rien ne se fait très vite au nord du 49e parallèle. Tom et Charlie commencent leurs journées en dépliant leurs membres endoloris par le sommeil puis se dirigent lentement vers leur poêle à bois pour l'attisée du matin et les patates aux lardons. Chacun à leur fenêtre, ils étudient la journée qui les attend. Peu importe que le soleil ou la neige soit au rendez-vous, c'est un bon moment puisqu'ils ont tout cela à observer, la neige, le soleil, le vent, un lièvre qui a laissé sa trace, le vol plané d'un corbeau, la vie qui se renouvelle, rien qu'ils ne connaissent déjà.*

*Après les patates aux lardons et un thé sucré vient la première cigarette et, avec elle, la première véritable pensée de la journée. Avant, il n'y a eu que de vagues remuements de cerveau. Il leur faut une poussée de nicotine pour ouvrir les vannes de l'esprit et distinguer ce qui leur vient en tête.*

*Depuis la mort de Boychuck, leur première pensée du matin est pour leur vieux compagnon. Tous ces tableaux qu'ils ont découverts dans la cabane cadenassée les ont laissés dans un questionnement sans fin.*

*Charlie en est à sa deuxième cigarette et il attend Tom pour leur conversation du matin. Il en est ainsi tous les jours. Tom, après avoir nourri son poêle, quitte sa cabane, passe devant chez Ted, s'y arrête, le temps de s'interroger encore une fois sur ces toiles qui gisent comme une armée momifiée, et poursuit son chemin en se demandant ce que Charlie trouvera à en dire, car Charlie y est allé lui aussi, la veille, à la brunante. Ils ont chacun leur heure.*

*— Qu'est-ce qui lui a pris de laisser toutes ces toiles derrière lui ?*

*— C'est son héritage.*

*— Son héritage, allons donc. Il n'a pas eu de femme, ni au singulier ni au pluriel, pas d'enfants, aucune famille, ils sont tous morts dans le Grand Feu de Matheson. Qu'est-ce qui lui a pris de nous laisser ça sur les bras ?*

*— On n'est pas obligés d'en tenir compte.*

*— N'empêche qu'on y pense.*

*— Peut-être que c'est ce qu'il voulait.*

*— Quoi ?*

*— Qu'on pense à lui.*

*— Allons donc.*

*Tous les matins, ils ont cette conversation, à quelques variantes près, qui ne les mène nulle part. Ce sont leurs derniers moments de solitude à deux, car très bientôt la communauté du lac s'adjoindra la minuscule petite vieille aux yeux de braise et la femme baraquée qui a pris prétexte de la légende Boychuck pour leur rendre visite.*

*Mais il faut faire une pause, présenter les Grands Feux qui ont ravagé le nord de l'Ontario au début du XX^e^ siècle.*

*Et l'amour ? Il faudra encore attendre, c'est trop tôt pour l'amour.*

# Les Grands Feux

Les Grands Feux ont ravagé le nord de l'Ontario de façon cruelle et dévastatrice au début du XX^e^ siècle.

C'étaient des feux transportés par des vents violents sur cinquante, cent kilomètres, détruisant tout sur leur passage, des forêts, des villages, des villes, des vies. C'était une mer de feu, un tsunami de flammes qui avançait dans un grondement d'enfer, impossible d'y échapper, il fallait courir plus vite que le feu, se jeter dans un lac, une rivière, s'accrocher à une chaloupe surchargée, un tronc d'arbre, attendre que le monstre se repaisse de sa fureur, que les flammes s'entre-dévorent, qu'il ne lui reste plus rien, qu'il se dirige vers d'autres forêts, d'autres villes, ne laissant derrière lui qu'une terre noire et dévastée, une odeur de fin de combat et ce qu'on découvrira et ne découvrira pas sous les cendres.

Le Grand Feu de Timmins a été le plus violent. Quatre heures brûlantes et il ne restait plus rien de la petite ville minière. Les survivants avaient trouvé refuge dans le lac Porcupine. Des heures de pure horreur à regarder les flammes se jeter sur les maisons, les magasins, la gare, tout cela qu'ils venaient à peine de bâtir, la ville n'avait que deux ans d'existence. Mais le drame ne s'est pas arrêté là. Le feu a pris ensuite une direction nord-est et a dévasté la ville de Cochrane, à quatre-vingts kilomètres de là, qui avait brûlé l'année précédente et brûlera cinq ans plus tard, en 1916, dans le Grand Feu de Matheson.

Le Grand Feu de Matheson a été le plus meurtrier. Deux cent quarante-trois morts. Ce sont les chiffres officiels. Ils ne comptent pas les prospecteurs, les trappeurs, et les errants, ces êtres qui n'ont pas de nom, pas de nationalité, qui n'existent pas, qui vont d'un endroit à l'autre. Le pays était neuf, il attirait des aventuriers de toutes sortes. On en retrouvera quelques-uns dans des ruisseaux asséchés, mais la plupart ne formeront qu'un petit tas d'os calcinés que le vent emportera loin des chiffres comptables. Cinq cents morts, ont dit certains.

Et puis, six ans après celui de Matheson, le 4 octobre 1922, il y a eu le Grand Feu de Haileybury, le plus spectaculaire car il a réduit à néant le chef-lieu du district, la seule ville du nord de l'Ontario qui eût quelque sophistication. Elle avait des tramways, une cathédrale, un couvent, des écoles, un hôpital, tous en pierres de taille, des édifices qu'on croyait à l'épreuve du feu et qui se sont effondrés comme fétus de paille sous la muraille de flammes. Il n'y a que l'allée des millionnaires qui a été épargnée. Douze grandes fières demeures que s'étaient fait construire les nouveaux riches de Haileybury. Ils avaient fait fortune dans les mines d'argent de Cobalt, une petite ville située à quelques kilomètres qui avait brûlé trois fois dans des incendies isolés mais que le feu, par un de ces revirements inexplicables, allait négliger cette fois-là.

Le feu a des caprices qu'on ne s'explique pas. Il va sur les plus hauts sommets, arrache le bleu du ciel, se répand en rougeoiement, en gonflement, en sifflement, dieu tout-puissant, il s'élance sur tout ce qui est vivant, saute d'une rive à l'autre, s'enfonce dans les ravins gorgés d'eau, dévore les tourbières, mais laisse une vache brouter son herbe dans son rond de verdure. Que peut-on y comprendre ? Le feu, quand il a atteint cette puissance, n'obéit qu'à lui-même.

Bien plus miraculeux que la vache dans son rond de verdure, il y a eu les enfants trouvés dans un ruisseau. La photographe a entendu plusieurs histoires à ce sujet. Au début, elle n'y croyait pas, mais on insistait. L'enfant avait été retrouvé le lendemain dans un ruisseau, couvert de suie et de boue, mais vivant. Le lendemain, c'est ce que la photographe ne pouvait se résoudre à croire. Un enfant est un enfant. Qu'il ait eu l'instinct de rester immergé pendant la tempête de feu, passe encore, mais qu'il soit demeuré toute une nuit sans paniquer parmi les fantômes du brasier, c'était inimaginable. Le feu laisse derrière lui des soupirs dans la terre, des arbres qui explosent lentement, des restes calcinés qui bruissent et qui sifflent. Comment un enfant peut-il attendre tranquillement qu'on vienne lui porter secours quand tout autour il y a des monstres qui agitent la nuit ?

La photographe a entendu d'abord l'histoire d'une fillette de six ans à qui on avait confié la garde de deux bébés et qu'on a retrouvés le lendemain les yeux rougis par les pleurs et la fumée, mais vivants. Seule la fillette avait des brûlures sévères. Puis, il y a eu un garçon de cinq ans que ses parents avaient confié à deux hommes qui fuyaient vers la ville dans une charrette à foin, croyant que leur enfant aurait ainsi plus de chance de s'en tirer. Ils ont réussi à sauver leur fermette, mais les deux hommes qui suivaient un sentier à peine plus large que leur charrette ont cru à un moment donné qu'ils ne s'en sortiraient pas vivants et avec raison, le sentier étant devenu un tunnel de flammes. Plutôt que de mettre la vie de l'enfant en péril, ils l'ont abandonné dans un ruisseau avant de s'engager dans le tunnel de flammes. On n'a retrouvé que l'armature de la charrette mais l'enfant a survécu. C'est le père qui l'a découvert le lendemain.

L'histoire de ce garçon a été racontée par une vieille femme de quatre-vingt-onze ans. Rose Kushnir. La photographe a refusé de la croire jusqu'à ce qu'elle lui dise qu'elle avait connu le garçon devenu jeune homme. Il a survécu, a dit Rose, mais il a laissé une part de lui-même dans le ruisseau. Il n'a jamais su converser, les mots ne passaient pas, on avait l'impression de parler à un fantôme.

Rose elle-même était un miracle. Elle et sa famille avaient survécu en creusant la terre de leurs mains entre les rangs de leur champ de pommes de terre et, chacun dans son sillon, ils étaient restés face contre terre pendant que les vagues de flammes déferlaient au-dessus d'eux. Sa mère avait eu le dos et les fesses brûlés. Elle avait couvert son plus jeune enfant de son corps pour le protéger.

Les récits des survivants étaient tous de la même horreur. La photographe en faisait des cauchemars la nuit. Elle n'a jamais abandonné cependant.

D'un vieillard à l'autre, elle en est venue à connaître les Grands Feux comme si elle y avait été. Elle les a rencontrés un peu partout. À Matheson, à Timmins, à Haileybury, dans des villages d'une tristesse incroyable, des hameaux perdus au fond de nulle part, dans des masures qui étincelaient de propreté (les sœurs Dambrowitz, elles, refusaient l'électricité mais se faisaient des concerts, l'une au piano, l'autre au violoncelle), dans des Seniors'Homes (ceux-là étaient presque tous séniles), partout où on lui a parlé des Grands Feux, c'était avec la fierté étonnée d'y avoir survécu.

Les Grands Feux ont eu leurs héros et leurs martyrs. Boychuck n'était ni l'un ni l'autre, mais il apparaissait dans tous les récits des survivants du Grand Feu de Matheson, même ceux qui ne le connaissaient pas, qui ne l'avaient jamais vu, qui n'avaient rien à témoigner à son sujet. Ed Boychuck, Ted ou Edward, on ne s'est jamais entendu sur son prénom, est une figure énigmatique du Grand Feu de Matheson. Le garçon qui marchait dans les décombres fumants. C'est ainsi qu'on le désignait le plus souvent.

Il avait quatorze ans en cette chaude matinée du 29 juillet 1916. Un garçon solide, pas très jasant, mais bon travailleur. Il avait été engagé dans une équipe de maçons qui construisaient la résidence d'un marchand de Matheson. Sa famille habitait à une dizaine de kilomètres et il faisait le trajet soir et matin en longeant le rail, seule route véritable dans ce pays encore trop neuf pour se permettre des chemins carrossables.

C'était une journée chaude, sèche, on se serait cru au

Sahara s'il n'y avait eu cette forêt résineuse qui se déployait comme une offrande au soleil.

On a aperçu le jeune Boychuck le long de la ligne de chemin de fer en direction de Ramore. Le feu n'était pas encore une menace. Il y avait de la fumée un peu partout, mais on était habitué. C'était l'été, la saison des feux d'abattis, la fumée faisait partie du paysage.

On l'a aperçu un peu plus tard dans un champ. Il était passé midi et le vent s'était levé, un vent d'une puissance incroyable qui a rassemblé les feux d'abattis en une torche immense. Le ciel est devenu noir charbon, on entendait un grondement au loin, comme une locomotive lancée à toute vapeur, et Dieu qu'on savait ce que c'était ! On a crié, on a cherché à retenir l'attention de Boychuck, ils voulaient qu'il vienne s'abriter avec eux, deux jeunes hommes réfugiés dans une excavation, mais peine perdue, l'incendie couvrait leurs voix, le garçon n'entendait rien, et déjà on ne le voyait plus au bout du champ. Il faisait nuit noire, la fumée avait complètement masqué le soleil.

On croit que c'est lui qu'on a vu un peu plus tard dans un sentier à peine plus large qu'une charrette et courant à toute épouvante dans un éclaboussement de lumière. Il avait relevé sa chemise à hauteur de sa tête et il avait foncé dans un mur de flammes. On croit que c'était le jeune Boychuck, parce que derrière la muraille de flammes, il y avait la ferme de ses parents. Mais on n'est pas certain. Le type qui croit l'avoir vu était dans une mare de boue, enfoncé dans la vase liquide jusqu'à la bouche, et il n'a ouvert les yeux que le temps de sentir deux poignards brûlants au fond de sa rétine et de garder à jamais cette image d'un garçon se jetant dans les flammes.

On ne sait pas comment le jeune Boychuck a survécu, on ne sait pas non plus s'il a pu se rendre à la ferme de ses parents, s'il les a vus, ses cinq frères et sœurs, son père, sa mère, morts, tous, asphyxiés dans le caveau à légumes, blottis les uns contre les autres, leurs corps bleuis, figés dans un dernier effort pour aspirer de l'air entre leurs lèvres mauves mortes. On n'a rien su parce que Boychuck n'a rien dit. À aucun moment de sa vie il n'a fait mention du feu non plus que de son errance.

Le survivant de la mare s'est relevé de son lit de boue, il était couvert d'une épaisse croûte de vase qui se desquamait à chaque mouvement, et il croit l'avoir vu encore une fois, mais la brûlure des poignards l'avait rendu à moitié aveugle et il ne peut être sûr que d'une forme incertaine descendant le sentier à pas lourds. Cet homme a passé des mois à l'hôpital. Des plaques de boue avaient cuit dans sa chair.

Les récits des premiers moments après le feu font tous mention d'une couleur indéfinissable, une lumière qui venait du ciel et de la terre, le ciel qui s'était ouvert à nouveau et la terre qui brûlait encore à petits feux. Des brasiers explosaient lentement à la base des arbres et fusaient en longs jaillissements d'étincelles. Les arbres encore debout, fûts noirs sous un ciel bleu, s'affaissaient dans un bruit étouffé en soulevant un épais nuage de cendre blanche.

Dorée, finissent-ils par dire, il y avait une lumière dorée dans l'accalmie. La lumière de Dieu qui venait nous chercher, disent-ils. Ils ont tous eu le sentiment d'avoir vécu la fin du monde.

Trois hommes attendaient la venue des anges dans un étang. De l'eau jusqu'aux aisselles, de longues traînées boueuses sur le visage et de grands yeux hébétés, ils se croyaient les derniers humains de la terre. Avec eux dans la lumière dorée, un orignal qui avait aussi trouvé refuge dans l'étang et, perché sur l'épaule du plus jeune d'entre eux, celui qui a raconté, un oiseau qui pépiait à s'égosiller.

Ils ont vu passer le jeune Boychuck.

Il marchait à tâtons dans les cendres fumantes. Il était couvert de suie et d'éraflures mais semblait en bon état. Il était torse nu. Il avait la main droite enveloppée d'une guenille, probablement un bandage qu'il s'était fait avec ce qu'il lui restait de chemise.

Ils l'ont hélé.

Le garçon est passé tout près sans les voir et il a fallu qu'ils lui crient après pour qu'il se tourne vers eux et qu'ils voient les yeux veinés de rouge, l'absence de regard, pour qu'ils comprennent que le garçon était devenu aveugle.

Il a poursuivi son chemin comme s'il n'avait rien entendu, comme s'il marchait dans les pas de Dieu lui-même, c'est ce qu'a dit le survivant de l'étang, il marchait comme un homme empêtré dans les pas d'un géant.

On l'a vu à Matheson, à Nushka, à Monteith, à Porquis Junction, à Ansonville, à Iroquois Falls, puis de nouveau à Matheson, Nushka, Monteith, et encore Matheson, Nushka, jusqu'à ce qu'il disparaisse tout à fait. Six jours à marcher sans but, à tourner en rond, personne n'y a jamais rien compris. De ce samedi 29 juillet où on a cru que la fin du monde était arrivée jusqu'à ce jeudi 3 août où une femme pense l'avoir vu dans le train qui ramenait des rescapés vers Toronto, il y a eu six jours bien comptés. Qu'est-ce qui le tenait dans cet état d'errance ?

À Matheson, on avait pansé sa main.

Trois maisons seulement avaient résisté à l'incendie. L'une d'elles avait été transformée en dispensaire. Des femmes déchiraient le linge de maison, les rideaux, les serviettes, les draps, pour en faire des pansements, et le gras d'oie mis en pot pour l'hiver servait d'onguent.

Une petite fille devenue une vieille femme de quatre-vingt-treize ans s'est souvenue du jeune Boychuck. Elle s'en est souvenue parce qu'il n'avait rien d'autre sur le corps qu'un pantalon et qu'il n'a pas eu une plainte lorsqu'on lui a enlevé la guenille collée à sa chair. La paume de sa main était un muscle rouge vif.

À Nushka, il avait un bâton de marche et il portait une chemise qui n'était pas la sienne.

Nushka était un village de fermiers canadiens-français à une dizaine de kilomètres au nord de Matheson. Il s'appelle maintenant Val Gagné en l'honneur du petit curé de l'endroit, un héros dans la mémoire collective. Vingt-sept ans, sa première cure, aucune expérience en rien, surtout pas en feux de forêt, il a proposé à ses ouailles, quand tout semblait perdu, de se réfugier au fond d'un corridor de glaise percé dans une colline pour y faire passer le chemin de fer. Le calcul n'était pas si mauvais. Le corridor était profondément encaissé dans la colline, les talus escarpés, glaiseux, dépourvus de végétation, on pouvait espérer y être à l'abri des flammes. Mais le petit curé ne connaissait rien à la mécanique du feu. Les flammes sont effectivement passées au-dessus du corridor de glaise mais ont aspiré tout l'oxygène qui s'y trouvait. Cinquante-sept personnes sont mortes asphyxiées.

Le jeune Boychuck a été vu le soir de l'hécatombe. La pluie avait commencé à tomber, une pluie fine, rien pour éteindre les brasiers mais assez pour qu'on en apprécie la fraîcheur. A-t-il croisé Simon Aumont ? Probablement pas. Simon Aumont était probablement déjà inconscient dans son champ d'avoine, un bébé de quelques mois à ses côtés, mort, alors que lui, Simon Aumont, allait survivre au drame épouvantable qui a été le sien. Il travaillait en forêt quand la bombe de feu a éclaté et il a couru au village pour porter secours à sa famille et les a découverts, sa femme et ses neuf enfants, asphyxiés sur le pas de la porte. Seul le bébé respirait encore dans les bras de sa mère. Il l'a emporté dans le champ d'avoine, croyant trouver ce qu'il fallait d'air dans cet espace découvert, mais la chaleur intense a eu raison de lui, il s'est écroulé, le bébé à ses côtés, et Simon Aumont en survivant à son histoire est devenu une icône de la douleur de Nushka, celui sur lequel les récits se sont le plus appesantis, se sont le plus meurtris, alors que lui n'a jamais voulu en souffler mot.

Nushka, village de la mort.

Boychuck y est arrivé en suivant la ligne de chemin de fer et il a buté contre le premier corps de l'hécatombe. C'est ce qu'on suppose, car on l'a retrouvé endormi sous la pluie. On l'a cru mort.

Une femme et ses deux enfants faisaient route vers Monteith par le même chemin. Ils étaient accompagnés d'une vache, seul bien qu'ils avaient pu sauver. Ils comptaient se rendre à la ferme expérimentale de Monteith où travaillait le père.

La femme n'est plus de ce monde depuis longtemps mais le garçon, huit ans au moment des faits, et la fillette, six ans, ont raconté. D'abord le choc de découvrir tous ces corps empilés les uns contre les autres. Les enfants ont cru qu'ils dormaient. La mère savait ce qu'il en était et les a tirés par la main pour les éloigner du charnier. C'est alors que s'est élevé dans la nuit un long et triste chant monocorde. La vache avait reconnu la mort d'instinct et s'était lancée dans un long meuglement funèbre. Ce qui a eu pour effet de réveiller le jeune Boychuck d'entre les morts.

Il a eu presque un sourire, les images d'un rêve probablement resté en suspens, et puis sentant la pluie sur son visage, il a demandé d'une voix endormie si c'était fini, si c'était déjà le matin.

Ils ont fait route ensemble.

Ce fait et les autres qui ont suivi sont les rares éléments vérifiables et vérifiés de l'errance de Boychuck, car il y a eu d'autres personnes qui l'ont vu en cette nuit du samedi 29 juillet. On se souvient surtout de la vache pleureuse, mais on n'a pas oublié le jeune homme aveugle.

Les jours qui ont suivi le Grand Feu ont été des jours de mouvance. Le père cherchait sa famille, l'épouse son époux, l'enfant ses parents. Le jeune Boychuck était un errant parmi d'autres. La légende s'est construite plus tard, au fil des ans, au fil des récits, car on s'est raconté le Grand Feu pendant des années et, dans l'embrouillamini des récits, une figure revenait toujours, celle d'un garçon aveugle marchant dans les décombres fumants.

Il semble cependant qu'il n'ait pas été aveugle tout au long. Un homme a dit avoir reçu son aide pour charger des cadavres sur une plateforme de train. Un autre, l'avoir vu parmi les hommes qui déchargeaient un convoi de secours. Et cette femme qui croit l'avoir vu dans un train en partance pour Toronto n'a pas fait mention de la cécité du jeune homme. Elle l'avait remarqué parce qu'il était seul, absolument seul et sans regard, a-t-elle dit. Même s'il a aidé aux bagages des uns et des autres, il le faisait dans une totale absence de lui-même, comme s'il laissait une autre personne agir à sa place. C'est cette absence de regard qui a fait qu'on l'a reconnu d'un récit à l'autre et qu'on l'a cru si longtemps aveugle, alors qu'il a probablement recouvré la vue de façon progressive, la cécité du feu étant dans la plupart des cas un phénomène temporaire.

L'image est restée, un garçon aveugle marchant dans les décombres fumants, elle a alimenté les récits, hanté l'imaginaire des survivants, c'est l'image fondatrice de la légende Boychuck.

À Matheson où un petit musée municipal fait ce qu'il peut pour préserver la mémoire de l'incendie de 1916, il n'y a rien au sujet de Boychuck. Pas de photo, aucun écrit, rien. Mais que vous vous adressiez à la dame responsable du musée, vous aurez l'impression qu'il n'y a qu'une chose dont il faille se rappeler, c'est le feu qui a obligé un garçon aveugle à marcher pendant des jours à la recherche de son amoureuse. Il n'y a que l'amour qui peut expliquer le comportement erratique du jeune homme, un premier amour, celui qui donne des ailes et vous transporte au-delà de vous-même.

La photographe a écouté la dame du musée sans trop la croire. Il y a eu tellement d'histoires au sujet de Boychuck, la plus farfelue étant celle de la brique d'or. Dans la mythologie du Nord, il y a toujours une brique d'or qui fait mystère quelque part. De l'or volé, enterré quelque part, et le voleur, traqué par ses poursuivants, meurt dans sa fuite ou revient et ne trouve plus sa cache au trésor. Il y aurait d'innombrables briques d'or qui attendent d'être déterrées dans le nord de l'Ontario. C'est la recherche de l'or mis à nu par l'incendie qui expliquerait l'errance de Boychuck. La photographe n'en croyait rien. Comment peut-on se mettre en quête de l'or quand on vient de perdre père et mère et que tout autour il n'y a que mort et désolation ?

Peut-être ne fallait-il lui chercher aucune motivation, peut-être errait-il sans but, atteint de la folie du feu, comme ont dit certains, le cerveau paralysé, complètement lessivé. Ça s'était vu, des gens qui devant la muraille de flammes perdaient tous leurs sens. Aucune réaction, aucun instinct de survie. Le feu s'alimente d'oxygène, le prend dans les hauteurs, dans les basses terres, partout où il passe et, sans qu'on s'en rende compte, vampirise les cerveaux. La folie du feu comme la cécité sont toutefois des phénomènes temporaires, quelques secondes, quelques minutes au plus, hélas funestes si personne n'est là pour vous secouer, car après la désoxygénation du cerveau, c'est l'asphyxie ou, pire, l'embrasement, la carbonisation.

En fait de folie, il y a plus insidieux, une sorte de fascination qui naît dans le déploiement des flammes, leur force, leur toute-puissance, leurs couleurs éblouissantes dans la fumée, une contemplation horrifiée qui se poursuit tout au long de la course pour la survie et qui se charge au fur et à mesure qu'on compte les morts d'un besoin irrépressible d'aller toujours de l'avant pour éprouver son état de vivant. Un halluciné du feu, c'est ce qu'on a dit du jeune Boychuck. La photographe n'était pas loin d'y croire.

Elle n'a pas cru à la bluette des fleurs. On l'avait vu dans un ravin, marchant dans la cendre jusqu'à la taille, un bouquet dans une main et son bâton dans l'autre. Des fleurs comme des soleils, pétales jaunes et capitule brun doré. Des fleurs pour son aimée, avait dit la dame du musée. La photographe l'avait laissé dire.

L'errance de Boychuck s'est poursuivie tout au long de sa vie, semble-t-il, puisqu'on l'a revu six ans plus tard, beau et élégant malgré ses habits de travail. Il faisait partie d'une équipe d'entretien du chemin de fer. Beau et élégant mais sombre et sans conversation, on lui arrachait un mot par-ci par-là, jamais une conversation. Parti au bout de trois mois, revenu quatre ans plus tard, parti et revenu encore, il apparaissait et disparaissait sans laisser de traces. On l'appelait Ted ou Ed ou Edward, selon l'habitude qu'avaient prise ses compagnons de travail, jamais les mêmes, des cheminots, des charpentiers, des prospecteurs, aucun ami déclaré parmi eux. Le prénom changeait, mais toujours cette absence de regard.

La photographe s'était demandé comment elle parviendrait à fixer cette absence sur photo. Ceux qui l'avaient connu vieillard disaient qu'il était impossible de voir quoi que ce soit dans ses yeux. C'était comme essayer de lire un livre qui n'avait pas été écrit. On s'y perdait à imaginer ce qu'on voulait voir.

Les yeux, c'est ce qu'il y a de plus important chez les vieillards. La chair s'est détachée, affaissée, amassée en nœuds crevassés autour de la bouche, des yeux, du nez, des oreilles, c'est un visage dévasté, illisible. On ne peut rien savoir d'un vieillard si on ne va pas à ses yeux, ce sont eux qui détiennent l'histoire de sa vie.

Si le regard est aveugle, la photo le sera aussi, s'était dit la photographe.

Elle avait photographié une centaine de vieillards sans savoir ce qu'elle ferait de toutes ces photos. Un livre, une exposition, elle ne savait pas. Elle s'était laissé porter par une quête qu'elle ne comprenait pas tout à fait. Son projet n'avait de sens que le plaisir qu'elle avait à rencontrer de très vieilles personnes et l'histoire de leur regard.

Elle savait que tout cela avait commencé un après-midi d'avril, deux ans auparavant, au High Park de Toronto.

Les premières journées d'avril sont une bénédiction à Toronto. Une petite vieille, minuscule dans son manteau de lainage bleu, recevait le soleil au bout d'un banc sous un grand chêne décharné.

Une tache de couleur vive dans les bruns délavés de fin d'hiver, c'est ce qui avait d'abord retenu l'attention de la photographe.

Il y avait le bleu profond du manteau, le rose magenta du béret, les boucles blanches qui s'en échappaient, un blanc éclatant, et sur le pourtour du béret ainsi qu'au centre, une broderie de perles argentées qui s'agitaient au soleil. Aux pieds de la dame, un grand sac de toile à motifs mauresques et, à gauche sur le banc, un carré de coton jaune quadrillé de rouge sur lequel étaient disposées des boulettes de mie de pain qu'elle distribuait aux oiseaux.

La photographe avait pris place à l'autre bout du banc et l'avait observée discrètement.

Elle était très vieille, ratatinée jusqu'à l'os, et il y avait quelque chose en suspens en elle, comme si elle était portée par une infinité de pensées qui se répandaient dans l'air pendant qu'elle nourrissait ses pigeons. Elle agissait avec méthode et lenteur. Quand son carré de coton était vide, elle allait puiser dans son sac un quignon de pain dont elle retirait la mie et façonnait ensuite les boulettes qu'elle disposait en rangs serrés sur le carré de coton.

La photographe n'avait pas osé la prendre en photo. Elle aurait dû. Il y avait une lumière rose qui pétillait au coin de ses yeux.

Elle ne se souvenait pas comment elle avait engagé la conversation ni comment elles en étaient venues à parler des Grands Feux.

La petite vieille était une survivante du Grand Feu de Matheson. Elle lui avait parlé d'un ciel noir comme la nuit et des oiseaux qui tombaient comme des mouches.

Il pleuvait des oiseaux, lui avait-elle dit. Quand le vent s'est levé et qu'il a couvert le ciel d'un dôme de fumée noire, l'air s'est raréfié, c'était irrespirable de chaleur et de fumée, autant pour nous que pour les oiseaux et ils tombaient en pluie à nos pieds.

La conversation s'était promenée au gré de leurs pensées. Les chênes de savane qui peuplent le High Park, le printemps encore timide, les bruits de la ville qui les atteignaient par moments, encore les Grands Feux, les papiers gras dans les allées du parc, la civilité qui se perd, et à nouveau les Grands Feux.

Quand les flammes ont atteint le ciel, avait-elle dit, c'était comme si nous nagions au fond d'une mer de feu.

Des images que la photographe avait enregistrées dans sa mémoire.

Mais la petite vieille allait partir. Elle avait épuisé sa réserve de pain et la lumière du jour déclinait. Elle allait partir sans que la photographe ait rien su d'elle, même pas son nom, et comme si c'était la seule chose à savoir, comme on le fait avec un enfant, elle lui avait demandé son âge.

Cent deux ans, avait répondu la petite vieille, et ses yeux avaient pétillé de malice.

Elle s'était extirpée du banc en s'appuyant sur sa canne et avait marché droit devant, laissant la photographe à son ahurissement. Avait-elle vraiment cent deux ans ?

Tout est là, ce pétillement de lumière rose dans les yeux d'une petite vieille qui s'amuse avec son âge et cette image d'une pluie d'oiseaux sous un ciel noir, tout vient de là. La photographe ne se serait pas aventurée sur les routes du Nord, ne se serait pas lancée dans cette quête si elle avait pris une photo à ce moment-là, si elle avait fait clic sur cette pluie d'oiseaux dans les yeux de la petite vieille du High Park.

Séduite et intriguée par une vieille dame qui portait en elle des images d'une beauté apocalyptique et puis séduite et intriguée par toutes ces vieilles personnes qui avaient la tête peuplée des mêmes images.

Elle en était venue à les aimer plus qu'elle n'aurait cru. Elle aimait leurs voix usées, leurs visages ravagés, elle aimait leurs gestes lents, leurs hésitations devant un mot qui fuit, un souvenir qui se refuse, elle aimait les voir se laisser dériver dans les courants de leur pensée et puis, au milieu d'une phrase, s'assoupir. Le grand âge lui apparaissait comme l'ultime refuge de la liberté, là où on se défait de ses attaches et où on laisse son esprit aller là où il veut.

Elle avait rencontré tous les survivants connus des Grands Feux. Boychuck devait être le dernier.

Mort et enterré, lui avait dit Charlie. Mort de sa mort, lui avait dit Tom.

La légende du Grand Feu de Matheson n'était plus de ce monde. Elle n'en était pas tellement surprise. Il lui était arrivé de frapper à la porte de personnes décédées la veille, l'avant-veille, depuis des lustres. Elle n'était pas non plus chagrinée ou déçue outre mesure. Tom et Charlie valaient le détour. Les deux anachorètes rieurs étaient des spécimens rares dans sa collection de vieillards. Elle était déterminée à retourner à leur ermitage. Pour la photo ou pour le plaisir de la conversation, peu importe, sa quête avait depuis longtemps dépassé le reportage photographique.

*Tom et Charlie en sont à leur cinquième cigarette. La conversation du matin s'est longuement attardée à la question de savoir si Ted connaissait son heure, s'il avait vu la mort arriver ou si elle l'avait pris par surprise.*

*La mort est une vieille amie. Ils en parlent à leur aise. Elle les suit de près depuis si longtemps qu'ils ont l'impression de sentir sa présence tapie quelque part, en attente, discrète le jour mais parfois envahissante la nuit. Leur conversation du matin est une façon de la tenir à distance. Dès qu'ils prononcent son nom, elle arrive, se mêle à la conversation, insiste, veut toute la place, et eux la rabrouent, s'en amusent, l'insultent parfois, puis la renvoient, et elle, bon chien, s'en retourne ronger son os dans son coin. Elle a tout son temps.*

*Charlie a autorité en matière de mort. Il l'a connue de près quand il l'attendait dans son camp de trappe. Tom ne cesse d'ailleurs de lui demander. Tu l'as vue ? Tu l'as vue ?*

*— Non, je l'ai pas vue, c'était pas mon heure.*

*— Et dis-moi donc, pourquoi t'as pas pris ta pincée de sel à ce moment-là ? Ç'aurait été si simple.*

*— C'était pas mon heure que je te dis. Et puis, c'était l'été, l'air était bon, il y avait une odeur sucrée dans l'air, j'entendais les oiseaux piailler, c'était pas mon heure.*

*— M'est avis, mon Charlie, que ce sera jamais ton heure, que tu te décideras jamais.*

*Ils n'auront bientôt plus ces conversations seul à seul dans la cabane de Charlie. La petite communauté du lac est à l'aube de grands changements.*

# La communauté du lac

La petite communauté du lac était à l'aube de grands changements. L'idée d'une femme, de surcroît âgée et très fragile, dans un espace aussi rude était tout simplement inconcevable. Et pourtant, elle faisait son chemin, l'idée d'une impossible présence féminine. Personne ne l'avait encore formulée que chacun savait qu'ils ne laisseraient pas cette femme retourner d'où elle venait. Il y avait dans cette communauté assez de fronde et de bravache pour affronter l'impossible. Mais comment ?

Bruno avait vite réglé l'histoire avec sa mère. Il lui avait téléphoné d'une station-service pour lui annoncer que sa tante lui avait échappé quand il était allé payer le plein d'essence à Huntsville et qu'il l'avait cherchée partout sans la trouver. Il avait attendu les policiers, répondu à leurs questions, signé sa déposition et s'en était retourné, rassuré par leur indolence polie. On ne pousserait pas très loin les recherches pour retrouver une vieille femme dont personne ne voulait.

Elle se trouvait donc maintenant exclue du monde, entièrement à leur charge, et il leur fallait trouver des solutions aux multiples problèmes que leur créait cette situation, le premier étant de la loger avec un minimum de confort. La cabane de Ted offrait ce confort minimal mais on hésitait. Il leur semblait que Ted y habitait encore.

Marie-Desneige qui s'appelait encore Gertrude s'était acclimatée à sa chambre, en sortait peu et ne paraissait pas s'inquiéter de ce qu'il adviendrait d'elle. Sa préoccupation du moment était ce nouveau nom qui serait dorénavant le sien et qu'il lui fallait choisir. Elle hésitait entre tous ceux qu'elle avait connus, et ils avaient été nombreux, les pensionnaires du 999 Queen Street. Il lui prenait aussi envie d'en inventer. C'était une occupation amusante, très prenante, un honneur et une responsabilité qui ne lui laissaient le temps pour rien d'autre. Elle écrivait chaque nom sur une feuille pour ne pas l'oublier, annoté d'un commentaire pour ne pas non plus oublier la personne qui l'avait porté. Il lui semblait que le monde s'offrait à elle quand elle étalait toutes ces feuilles sur son lit.

Elle était là depuis quatre jours et rien n'avait été décidé ni dans la grande salle où Bruno et Steve s'enfumaient le cerveau non plus que sur les rives du lac. Il fallait pourtant loger cette femme ailleurs qu'à l'hôtel du Libanais. L'automne allait venir et, avec lui, les chasseurs, les égarés de la route et autres poseurs de questions.

Au matin du cinquième jour, on décida de l'emmener au campement des vieux pour voir comment les choses se passeraient de part et d'autre. Le voyage se fit en VTT. Encore là, elle ne montra aucun étonnement. Même pas quand il lui fallut monter sur cette étrange machine et enlacer des deux bras le dos de Bruno. Steve suivait à pied accompagné de sa chienne.

Tom et Charlie, avertis par le bruit, les attendaient dehors.

Il y avait foule devant la cabane de Charlie. Quatre hommes, une femme, quatre chiens et une nuée de moustiques venus les accueillir.

Tom, à son habitude, fit le jars. Il adressa à la dame une salutation de bienvenue assortie d'un clin d'œil susceptible, pensa-t-il, de faire rougir n'importe quelle femme en état de servir. Il tenta de rougir lui-même quand il comprit qu'il fallait s'excuser auprès de la dame, mais à son âge le sang n'afflue nulle part, et il se contenta de rester livide et de penser que cette femme était trop jolie, un petit bijou ouvragé, trop jolie et trop gracieuse, elle n'avait pas sa place auprès d'eux.

Charlie s'occupa à ses devoirs d'hôte pour ne pas avoir à dire quoi que ce soit. Il trouva à chacun un rondin confortable, alluma un feu pour chasser les moustiques et disparut dans sa cabane pour faire chauffer l'eau en comptant mentalement les contenants dont il disposait pour le thé. La vieille dame avec ses cheveux mousseux et ses mains comme de la dentelle avait la fragilité d'un oisillon. Il avait l'impression qu'il lui suffirait de souffler dessus pour que l'oisillon tombe de son siège. Cette pensée le gêna. Plutôt que lui souffler dessus, il avait envie de la prendre au creux de sa main et de ramener l'oisillon à son nid. Une pensée qui l'intimida encore davantage.

La conversation était menée par Steve et Bruno qui

s'échangeaient des réflexions sur le beau temps et la pêche à la truite en attendant que l'occasion se présentât de glisser vers ce qui les préoccupait.

Le thé était bu, le soleil approchait de son zénith, et on n'avait pas encore réussi à faire un pas vers ce qui semblait un objectif inatteignable, se convaincre que la tante pouvait loger dans la cabane de Ted.

C'est alors que Charlie prononça ses premières paroles :

— On vous appellera comment ? demanda-t-il.

Et la tante de répondre aussitôt, comme si la réponse était prête, alors qu'elle en était encore à se demander lequel choisir parmi tous les noms qu'elle avait laissés sur son lit.

— Marie-Desneige.

— Marie-Desneige, c'est un beau nom.

Sans s'en rendre compte, Charlie venait d'accepter la présence de Marie-Desneige parmi eux. Du coup, son cerveau se mit à fonctionner très vite, plus vite qu'il n'en avait l'habitude, trop vite, les idées se bousculaient, il ne pouvait pas les suivre toutes, et il s'entendit dire, avant même que l'idée n'eût pris forme dans son esprit :

— On va vous construire quelque chose, pas trop loin, quelque chose de confortable, ici, à côté de ma cabane. On peut pas vous loger comme si vous aviez passé votre vie dans les arbres.

C'était inattendu, déconcertant, mais tout à fait réalisable. L'idée se fit rapidement une niche en chacun tellement on était soulagés de ne pas avoir à déranger Ted dans sa vie de fantôme. Et puis elle était stimulante, cette idée, on n'avait pas construit de cabane depuis celle de Tom. Il y avait bien eu quelques remises qui s'étaient affaissées et qu'il avait fallu reconstruire, mais une cabane d'habitation, c'était autre chose. Une cabane d'habitation, on y vit, on y meurt, c'est là qu'on voit le soleil nous attendre les matins d'été, se coucher l'hiver, on y entend les bruits de la nuit, une cabane d'habitation nous accompagne tout au long de nos pensées, avec elle on n'est jamais seul.

Quelque chose de confortable, avait dit Charlie, et il avait raison. Il fallait à la dame, à Marie-Desneige, une cabane tout confort. L'eau courante, on se mit rapidement d'accord, il lui fallait l'eau courante. Un défi considérable. On en discuta longuement. Et puis, on décida qu'il lui fallait aussi une douche et une toilette intérieures. Autres problèmes techniques dont ils s'emparèrent avec enthousiasme. La construction de la cabane de Marie-Desneige les absorba au point qu'ils en oublièrent sa future occupante, assise sur son rondin et promenant de l'un à l'autre un regard égaré.

— Un chat, je voudrais un chat dans ma maison.

Malaise et soulagement chez les hommes. Elle venait de se rappeler à leurs mauvaises manières et de dire qu'elle consentait à tout si on y ajoutait un chat.

On lui construisit donc une cabane à côté de celle de Charlie. Tout confort. Eau courante, douche et toilette intérieures, ce qui nécessita des travaux importants. L'eau était amenée du lac par un tuyau entouré d'une gaine isolante et pompée à l'intérieur grâce à une génératrice à essence. Pour le reste, pour réchauffer l'eau de douche, on choisit le propane qui devait également servir à l'éclairage et au chauffage ainsi qu'à l'alimentation d'une cuisinière et d'un réfrigérateur, objets de grand luxe en forêt profonde mais qu'on jugea nécessaires à une femme qui n'avait l'habitude ni du bois de chauffe ni de l'entretien d'une maison. Elle n'avait, semblait-il, d'aptitudes en rien. Soixante-six ans d'internement l'avaient laissée sans habiletés et sans repères. Un oisillon tombé de son nid, pensa encore Charlie.

Le chantier dura trois semaines. La cabane prit forme assez rapidement puisqu'on avait opté pour une structure traditionnelle avec madriers et panneaux isolants. Une construction en rondins aurait demandé trop de temps. La cabane comprenait une pièce principale et, à l'arrière, côté nord, une pièce minuscule qu'on appela la salle de bains. On en était tellement impressionné, Tom et Charlie surtout qui avaient depuis longtemps oublié ces commodités, qu'on en vint à oublier le terme de cabane et à ne plus parler que de la petite maison de Marie-Desneige.

Le travail commençait tôt le matin avec l'arrivée de Steve et de Marie-Desneige en VTT. Marie-Desneige adorait sa chambre mais ne supportait pas d'être seule à l'hôtel, et bien qu'elle fût d'une inutilité absolue sur le chantier, elle y passait ses journées. Bruno arrivait plus tard. Il avait changé sa fourgonnette pour un pick-up, chargé de ce qu'il fallait pour les travaux. L'argent n'était pas un problème, ne l'avait jamais été, la plantation pourvoyait à plus qu'il n'était nécessaire.

L'humeur de Marie-Desneige se lézarda au fil des jours. Ce n'était au début que d'infimes éclairs dans le regard, puis des zones sombres, puis elle disparaissait, son regard se vidait.

On l'entendait parfois chanter. Elle allait s'asseoir dans l'herbe près du lac et restait de longs moments absorbée, pensait-on, dans la contemplation de l'eau. Une voix s'élevait doucement, très différente de celle qu'on avait l'habitude de lui entendre. Une voix pure et cristalline, légère et lointaine. Seules quelques notes flûtées leur parvenaient parmi le martèlement des travaux. On réduisait le rythme et la mélodie se déployait dans toute son amplitude. C'était une chanson des temps anciens, le fils d'un roi qui aimait une bergère, les adieux d'un homme qui s'en va à l'échafaud, une histoire triste que Marie-Desneige chantait d'une voix caressante. Elle la chantait en boucle, une fois, deux fois, trois fois, la voix s'éraillait au plus triste de l'histoire, six fois, huit fois, la voix se perdait, n'était plus qu'un chantonnement, neuf fois, dix fois, les marteaux s'étaient tus, les regards étaient tournés vers le lac. Marie-Desneige, les genoux serrés entre ses bras, se balançait d'avant en arrière et marmonnait une chanson dont la douleur leur parvenait en notes muettes et désespérées.

Ces chants incantatoires sur le bord du lac leur donnèrent à craindre que la folie ne refît lentement surface.

Les travaux se poursuivirent et, aux premières journées de septembre, l'habitation de Marie-Desneige fut prête. Une petite maison à peine plus grande que la cabane de Charlie, avec des moustiquaires aux fenêtres, du papier noir latté sur les murs extérieurs et un toit recouvert de tôle qui avançait en surplomb au-dessus de la porte d'entrée. On s'ingénia à penser que cette partie en saillie pourrait éventuellement devenir une galerie entourée de moustiquaires où Marie-Desneige se bercerait les soirs d'été en chantant des airs tristes. La folie n'était peut-être que cela, un trop-plein de tristesse, il fallait simplement lui donner de l'espace.

Le jour arriva enfin où Marie-Desneige devait emménager dans sa maison. Une journée grise, ciel bas et petite pluie qui se retient. Le transbordement des meubles se fit dans la précipitation et le désordre. Des meubles que Bruno s'était procurés en différents endroits pour ne pas susciter de curiosité, achetés tout faits, pas question de tailler une table à la hache pour Marie-Desneige. Pas le temps et hors de question, il fallait du neuf et du beau pour Marie-Desneige. Une table, trois chaises, une base de lit, un matelas, une cuisinière à gaz et un réfrigérateur petit format, tout cela entreposé dans la grande salle de l'hôtel et qu'il fallait charger dans la camionnette, transborder dans la remorque du VTT et traîner à bout de bras dans la petite maison.

La photographe apparut au bout du sentier au moment où l'on s'affairait autour du réfrigérateur.

On l'avait oubliée.

Charlie l'aperçut en premier, entourée des chiens et agitant quelque chose au-dessus de sa tête.

Les photos de Chummy, pensa-t-il, comment j'ai pu oublier qu'elle nous reviendrait avec ça ?

C'étaient effectivement les photos du chien de Charlie qu'elle agitait ainsi. Une bien faible carte de visite dans les circonstances.

D'un même mouvement, les quatre hommes se massèrent devant la porte pour lui en interdire l'entrée et surtout pour dissimuler Marie-Desneige s'il lui prenait envie de sortir. Mais c'était comme vouloir retenir la pluie. Tôt ou tard dans les minutes qui allaient suivre viendraient les questions de la photographe et il n'y aurait rien à répondre qui pourrait renverser la situation.

Il y avait une forte activité cérébrale dans la masse compacte et hostile qui reçut la photographe. Steve rageait contre les chiens qui n'avaient pas annoncé son arrivée. Cette femme a vraiment un don, pensa-t-il. Bruno se dit qu'elle était pas mal du tout, cette femme, baraquée mais bien rebondie et, ma foi, presque jolie. Une pensée qui brilla dans ses yeux. Ce qui n'échappa pas à Tom qui s'amusa à imaginer une romance. Charlie oublia l'idée de chasser l'intruse à coups de carabine mais, bouche cousue, je ne dirai pas un mot, elle n'aura rien de moi.

Tout cela s'avéra inutile.

La voix de la photographe, quand elle l'entendit saluer les hommes, éveilla quelque chose en Marie-Desneige, un souvenir, un espoir, quelque chose d'agréable, absolument irrésistible, car elle sortit en trombe de la maison, se fit un passage parmi les hommes et se retrouva tout sourire devant la photographe.

— Ange-Aimée, murmura-t-elle.

On assistait à un reflux de son ancienne vie, quelqu'un qu'elle avait cru reconnaître, une personne qui lui était chère, probablement une compagne qui avait traversé avec elle le pire et l'inimaginable.

— Ange-Aimée, murmura-t-elle encore, mais tristement. La voix était à peine audible, la déception palpable.

On était peiné pour elle, on aurait voulu la consoler, mais ces hommes étaient dépourvus devant le désarroi d'une femme, et c'est la photographe qui eut le geste qu'il fallait. Elle se pencha vers Marie-Desneige, lui prit les mains et les porta à ses lèvres.

— Vous pouvez m'appeler Ange-Aimée si vous le désirez.

Le sourire revint timidement à Marie-Desneige.

La photographe venait de se gagner l'amitié de Marie-Desneige et, du même coup, son droit d'entrée à l'ermitage. Personne n'en eut conscience à ce moment-là. C'est seulement après, quand Marie-Desneige entraîna la photographe dans la maison et qu'ils les entendirent rire et papoter, qu'ils comprirent que leur petite communauté ne serait plus jamais la même.

Les deux femmes sortirent enfin et la photographe annonça qu'il fallait à Marie-Desneige des draps, des serviettes et des rideaux.

Des rideaux !

Et voilà, c'était fait, il y avait deux femmes à l'ermitage. L'une installée à demeure et l'autre, visiteuse, libre d'aller et venir. Et eux, sans pouvoir devant deux femmes et une amitié naissante.

Ils firent ce qui leur était demandé et ils transportèrent de l'hôtel literie, vaisselle et autres nécessités domestiques, mais pas de rideaux puisque ce qu'il y avait à l'hôtel leur tombait des mains. Demain, j'irai acheter des rideaux, décida la photographe, et la journée se termina sur cette sombre promesse.

Et voilà Marie-Desneige installée dans sa maison pour la

nuit. Elle avait défait sa valise, accroché ses vêtements, enfilé sa robe de nuit et elle attendait dans son lit, les mains à plat sur ses cuisses et le dos bien droit, elle attendait que son corps lentement se recompose. Toute la journée, elle avait senti qu'il voulait lui échapper. Il y avait d'abord eu une sensation de froid dans les poumons qui s'était déplacée au niveau de l'estomac et puis le froid s'était évanoui, elle ne le sentait plus, elle ne sentait plus rien là où le froid était passé et c'était affolant, car elle savait qu'elle commençait tranquillement à se désagréger. Cette sensation du corps qui se dissout lui était familière, toute sa vie elle avait eu à la combattre, les médicaments avaient aidé, mais elle n'en avait plus, sa provision était épuisée, et il lui fallait un effort de concentration immense pour retrouver son intégrité corporelle.

Un chant s'éleva dans la nuit. Le vent était tombé, la forêt était noire et silencieuse, on n'entendait que le murmure des arbres. Le chant de Marie-Desneige s'éleva et la nuit porta sa prière dans l'immensité du ciel.

Charlie veillait. Il attendait de ne plus voir de lumière dans la petite maison pour se mettre au lit. Il fumait et buvait du thé en se demandant si Marie-Desneige avait bien compris ce qu'on lui avait expliqué au sujet du fonctionnement de la lampe au propane.

Le chant l'atteignit au moment où il s'apprêtait à sortir, convaincu qu'elle avait besoin d'aide pour éteindre sa lampe.

C'était une vieille chanson de marin, lente et lourde d'amours contrariées, qui déployait sa complainte sur une mélodie qui avait des relents de grandes marées, d'embruns salés et de tangage sur des mers cruelles. Une mélodie qui après être revenue en boucle plusieurs fois devint plus âpre, plus difficile, elle raclait des fonds de mer impitoyables. Charlie aurait voulu ne plus l'entendre, mais la chanson revenait depuis le début, le marin reprenait le bateau, le cœur de plus en plus lourd, et déversait ses malheurs dans des mers sans fond. Charlie n'en pouvait plus, il voulait que ça s'arrête, qu'elle en finisse avec tous ces malheurs qui n'étaient pas les siens, mais elle les reprenait, s'en délectait, s'en imprégnait, elle était ce marin qui avait parcouru les mers du monde en quête d'oubli. La chanson se chargea d'une douleur plus intime, la voix s'oublia, se perdit, ne fut plus qu'un murmure dans la nuit, et Charlie sut que Marie-Desneige, là, tout près, dans la petite maison, dans son lit, se balançait d'avant en arrière en tenant son corps bien serré contre elle comme une poupée qu'on berce.

Marie-Desneige berçait en effet son corps en lui chantant tout bas les derniers couplets de sa chanson de marin. Elle espérait qu'il lui revienne. Elle avait réussi plusieurs fois à réintégrer son corps de cette manière. Il y avait cette fois-ci une résistance, quelque chose s'y opposait, une force contraire refusait sa complainte et elle pensa que c'était la maison, trop neuve, trop seule, elle n'avait jamais dormi sans personne à ses côtés, sans personne dans la même habitation.

Charlie, quand il entendit un bruit à sa porte, savait qui était derrière.

Elle avait enfilé un manteau sur sa robe de nuit. Ses cheveux dans la lumière de la lune étaient un éblouissement et ses yeux dans le noir de la nuit disaient son immense détresse.

— Je peux dormir ici ?

D'un large mouvement de la main, il désigna le lit de pelleteries qui l'attendait.

*Ils sont chacun dans leur coin, Marie-Desneige dans son nid de fourrures et Charlie sur son matelas à l'autre extrémité de la pièce. Mais comme la cabane est petite et la nuit silencieuse, ils s'entendent bouger, ils s'entendent respirer. Une intimité à la limite du tolérable pour Charlie. Il n'a l'habitude de partager ses nuits qu'avec Chummy. Et puis, ce silence qui s'appesantit avec le sommeil qui ne vient pas. Charlie se dit qu'il faut lancer une question pour les libérer de ce poids, mais quoi ?*

*— Ange-Aimée, c'était une amie ?*

*— C'était la reine de notre pavillon, tout le monde la respectait, elle marchait comme une reine, parlait comme une reine, et moi, j'étais son amie, sa femme de chambre.*

*— Sa femme de chambre ?*

*Ils chuchotent plus qu'ils ne parlent. Charlie a sa voix de velours, celle qu'il utilise pour approcher un animal effrayé. Marie-Desneige est plus à son aise. Elle a l'habitude des dortoirs, des confidences qu'on se chuchote d'un lit à l'autre. C'est d'une voix étouffée, à peine audible, qu'elle raconte un peu de sa vie à l'asile avec cette amie qui se prenait pour la reine d'Écosse et qui lui donnait ses bas à laver et ses ourlets à refaire en échange de sa protection.*

*— Personne n'aurait osé s'en prendre à Ange-Aimée, reine d'Écosse, d'Angleterre, des Carpates et des Nations unies.*

*— Les Carpates, c'est pas un pays.*

*— Les Nations unies non plus.*

*Ils rient, amusés d'avoir pensé à peu près la même chose en même temps, étonnés de se trouver en terrain de complicité.*

*— Et pourquoi Marie-Desneige ?*

*— Il y avait beaucoup de Marie parmi nous. Marie-Constance, Marie-Joseph, Marie-Laure, Marie-Jeanne, Marie-Clarisse, Marie-Madeleine, Marie-Louise, Marie-Clarence. Mais il y avait une seule Marie-Desneige. C'était la plus jolie.*

*— C'est un beau nom.*

*Ceci dit sur un ton de bonne nuit et, effectivement, ils n'ajoutent rien et s'endorment.*

## La troisième vie de Charlie

La photographe eut enfin un nom. On l'appela Ange-Aimée, du nom de cette reine d'Écosse et des Carpates qui faisait la loi chez les aliénés sans se soucier qu'un nom, elle en avait déjà un. Il en fut ainsi pour à peu près tout ce que Marie-Desneige imposa à son insu.

La vie de la communauté du lac s'organisa autour des besoins de Marie-Desneige, qu'elle les exprimât ou non. Elle eut un chat, des rideaux et la photographe pour amie. Le chat était un mâle tigré de deux ans qu'elle appela Monseigneur, les rideaux avaient un fleuri très doux, légèrement saumoné, qui enjolivait la maison de l'intérieur comme de l'extérieur, et son amie Ange-Aimée, de royale protectrice qu'elle avait été dans une autre vie, devint sa dame de compagnie.

Marie-Desneige s'adaptait magnifiquement à sa nouvelle vie. Elle avait appris le maniement du propane, pelait ses pommes de terre sans s'arracher les mains, étudiait chaque matin la couleur du ciel, mais être seule dans sa maison sans personne autour, ça, elle en était incapable. Charlie s'en aperçut un jour qu'il revenait de la chasse et la découvrit dans sa cabane, enfouie dans les ballots de fourrure, un balancement épuisé du corps et, dans le regard, le combat désespéré de l'animal pris au piège.

Ange-Aimée la photographe devint une présence nécessaire. Autant pour tenir les démons éloignés que pour trouver en magasin ce qui était devenu indispensable. Des pantoufles, une robe de chambre, un nécessaire à tricot et des livres pour occuper les soirées, des romans d'amour surtout, quantité de romans d'amour, et maintenant que l'hiver s'annonçait, encore plus de romans.

La chambre verte lui fut assignée d'office, bien qu'elle retournât régulièrement à Toronto où elle avait un appartement, sa chambre noire et toutes ces photos qui attendaient qu'elle décidât de leur sort. Les Grands Feux, Boychuck et son mystère, tout cela était bien pâle et bien lointain maintenant qu'il y avait cette petite vieille en cavale qui tentait de se faire une vie au bout du monde avec ceux hommes encore plus vieux qu'elle.

J'ai toujours su que j'aurais une vie, dit Marie-Desneige à son amie Ange-Aimée aux premiers jours de leur amitié, je n'ai jamais abandonné l'espoir d'avoir une vie à moi, et Ange-Aimée la photographe, profondément émue d'assister à l'éclosion d'une vie nouvelle, se glissa dans une autre peau.

Un peu comme lorsque arrive un nouveau-né dans une famille, une sorte de grâce s'installa dans la communauté et fit qu'on n'eut d'autres préoccupations que le bien-être de la nouvelle venue. Le changement le plus notable, bien que personne n'y prêtât attention, fut qu'on cessa de parler de la mort. Le sujet avait péri dans le tumulte de l'installation de Marie-Desneige, puis dans l'amusement des découvertes. Elle avait vu son premier voilier d'outardes, ses premières pistes de lièvre dans la neige, un orignal venu s'abreuver au lac, un hibou dans les bras décharnés d'un bouleau, tout était neuf et frais sous le regard de Marie-Desneige.

La mort n'offrait aucun intérêt, ils n'en parlaient plus, n'y pensaient même pas, il y avait avec eux une vie nouvelle qui déployait ses ailes.

Mais leur vieille amie rôdait toujours malgré ce qu'ils voulaient bien croire et elle profitait parfois de leur inadvertance pour se glisser dans une conversation qui ne la concernait en rien. Il y était par exemple question de la neige, pas encore très abondante mais qui tenait au sol. L'hiver décidemment était pressé de s'installer. Il faudrait probablement plus de bois de chauffe que l'année dernière. On se demandait si on n'irait pas puiser dans la réserve de bois de Ted. Et Marie-Desneige voulut savoir qui était Ted. Pendant qu'ils lui expliquaient, la mort respirait d'aise, elle avait repris ses droits. Mais pas pour longtemps, on s'intéressait plus au Boychuck vivant que mort.

Par un étrange détour de conversation, elle réussit un jour à fixer leur attention sur la boîte de sel de Charlie qui trônait sur la tablette au-dessus de son lit. Ange-Aimée, puisque c'est ainsi qu'il faut l'appeler, était à l'ermitage depuis quelques jours et leur avait rapporté de Toronto un énorme gâteau italien qu'ils dégustaient à petites bouchées tellement il était lourd et sucré. Il n'y avait aucune raison de s'intéresser à la boîte de sel. Elle était sur sa tablette et eux, autour de la table, à manger ce gâteau épouvantablement sucré. Il n'y a pas trente-six mille manières d'expliquer ce qui s'est passé. Seule une présence maligne, tapie quelque part au fond de la cabane, frustrée et rancunière, peut avoir forcé les regards vers la boîte en fer-blanc après que Tom, sans raison aucune, eut fait cette réflexion au sujet du gâteau trop sucré.

— C'est tellement bon que je me passerai de sel aujourd'hui, mon Charlie.

Tous les regards, même ceux de Marie-Desneige et Ange-Aimée qui ne savaient rien de rien, se dirigèrent vers la boîte cylindrique. Il fallut bien que quelqu'un explique. Ce fut Charlie qui s'en chargea.

D'instinct, il avait repéré la présence de la mort et s'employa à la chasser. Il expliqua que la boîte contenait une médecine de dernier recours. Il n'y a ici ni médecin ni hôpital, dit-il, et il y a des limites à ce qu'une personne peut endurer. Un éclair de panique passa dans les yeux de Marie-Desneige. Personne ici n'a envie de mourir, s'empressa-t-il d'ajouter, mais personne n'a envie d'une vie qui n'est plus la sienne. Marie-Desneige ferma les yeux. Combien de temps avait-elle été enfermée dans une vie qui n'était pas la sienne, combien d'années lui avaient été volées ? Charlie ne pouvait ignorer les pensées qui faisaient rage sous les paupières closes. Et ça, dit-il en désignant la boîte de fer-blanc, c'est ce qui donne son prix à un coucher de soleil quand on a mal à ses os, c'est ce qui donne le goût de vivre parce qu'on sait qu'on a le choix. La liberté de vivre ou de mourir, y a pas mieux pour choisir la vie.

Voilà, c'était dit, ils n'y reviendraient plus, la cabane respirait librement. La mort pouvait se rhabiller, il n'en restait qu'un vague remous. La conversation s'arrima à quelque chose de plus consistant, car Tom entreprit de raconter l'histoire de Charlie pour convaincre Marie-Desneige, s'il lui restait quelque doute, que personne ici n'avait envie de mourir. Cette vieille tête de mule avait emporté sa boîte de sel jusqu'ici par pure bravade.

— Moi, dit Marie-Desneige, c'est ma première vie et j'y tiens.

Cette conversation fut suivie de bien d'autres. L'hiver allait bientôt couvrir la forêt de son immobilité glacée. Il n'y aurait alors que dans les conversations auprès d'un feu qu'on trouverait un peu d'animation, et cet hiver-là fut particulièrement animé. Les conversations n'eurent jamais autant d'allant. Elles révélèrent une Marie-Desneige arc-boutée, déterminée à vivre ce qui lui était donné, révoltée, profondément révoltée, on lui avait volé sa vie, elle le répéta souvent.

Ces conversations avaient lieu la plupart du temps chez Charlie. Elles réunissaient les trois vieux et parfois Ange-Aimée. Il n'était pas rare de voir arriver Bruno et Steve en Skandic. S'ils se retrouvaient à six dans l'exiguïté de la cabane de Charlie, ils déménageaient alors chez Marie-Desneige, sa maison étant plus ample et déjà pourvue de trois chaises. On n'avait qu'à apporter les deux chaises de Charlie et le seau de métal pour asseoir tout le monde.

Il y eut des moments mémorables. Comme cette fois où Bruno rapporta des mets chinois d'un restaurant de la ville voisine. Six plats d'aluminium remplis à ras bord de riz frit, de légumes sautés, de côtes levées à l'ail, de crevettes panées. Deux cents kilomètres aller-retour. Les plats étaient froids. On les avait mis au four et ils en étaient sortis bouillonnants, fumants, odorants. On en avait parlé pendant des jours.

L'hiver fut particulièrement froid, dur, insolent, il piquait les narines dès qu'on mettait le nez dehors. Tom eut une grippe qui le tint au lit pendant deux semaines. Ange-Aimée fit l'infirmière. Charlie passait ses journées chez Marie-Desneige. Le bruit des clous de sa maison qui éclataient au froid la terrorisait. Steve et Bruno se chargeaient du reste, lever les collets à lièvres, forer des trous dans la glace, transporter l'eau, le bois de chauffe, ils s'occupaient de tout en fait puisque Tom demeura affaibli par sa grippe, et Marie-Desneige, effrayée par les bruits de sa maison.

La communauté du lac se souda pendant cet hiver, blottie au fond des grands froids, jamais très loin les uns des autres. Marie-Desneige s'épanouit comme une jeune fille au milieu de toutes leurs attentions. On n'entendit plus ces chants incantatoires qui vous glaçaient le sang. Elle restait néanmoins habitée par des peurs incontrôlables, la plus terrible étant de sentir son corps lui échapper. Et chaque soir, dans la crainte que cette chose horrible ne se reproduisît, elle allait frapper à la porte de Charlie.

Pas une nuit, elle ne dormit dans sa maison. Elle avait l'habitude des dortoirs, expliqua-t-elle à Charlie, l'habitude de s'endormir dans l'odeur lourde d'un dortoir, vingt femmes autour d'elle, leur haleine chaude, le poids de leurs rêves entremêlés et tout près, dans le lit à côté du sien, son amie Ange-Aimée.

Charlie l'attendait. Il avait déroulé les pelleteries, empli le poêle de quartiers de bouleau bien sec, et il attendait ce frémissement qui l'informait du moment précis où elle frapperait à sa porte.

Elle arrivait enveloppée de son manteau et avec cet appel dans les yeux qui lui demandait de la protéger d'elle-même. Elle ne portait sous son manteau que sa robe de nuit, une splendeur aux yeux de Charlie, une robe de nuit en finette blanche enluminée au col d'un liséré rose, le seul vêtement féminin qu'il ait vu depuis une éternité, les deux femmes du campement se couvrant le jour d'épaisses chemises sur leurs pantalons d'homme.

Marie-Desneige allait directement à sa couche et se glissait dans les fourrures. Charlie attendait ce moment pour éteindre la lampe. Il n'aurait pas reçu Marie-Desneige en Stanfield, ce long sous-vêtement de laine qui lui couvrait tout le corps et ne le quittait pas de l'hiver, même pas pour dormir, une deuxième peau, aussi odorante que la première mais lisse et uniformément grise. Il attendait donc d'être dans le noir pour se retrouver en Stanfield et se glisser à son tour sous les couvertures.

Chummy, par les grands froids d'hiver, se trouvait aussi dans la cabane. Étendu de tout son long au milieu de la pièce, il formait une sorte de rempart, une cloison invisible qui leur permettait de se croire protégés d'une trop grande intimité. Ils pouvaient parler sans s'inquiéter de ce qui leur viendrait à l'esprit puisqu'ils étaient dans le noir, à distance l'un de l'autre, et qu'ils seraient bientôt engloutis dans un sommeil qui s'emparerait de ce qui avait été dit. Tout était en place pour ces longues conversations qui agissaient comme une berceuse, Marie-Desneige s'endormant la première et Charlie qui attendait ce moment pour se glisser hors du lit et remettre un quartier de bouleau dans le poêle.

Leurs conversations de la nuit ne trouvaient pas écho le lendemain. Premier levé, Charlie nourrissait le poêle, faisait bouillir l'eau pour le thé et s'affairait à la préparation du déjeuner. Marie-Desneige se levait à son tour et venait aider. Un vieux couple, pensait parfois Charlie, nous sommes comme un vieux couple, et il s'étonnait chaque fois que cette pensée ne le ramenât pas à la femme qu'il avait quittée quinze ans auparavant.

La première fois que Tom les découvrit ainsi, il eut aussi l'impression d'avoir surpris un vieux couple dans ses petites habitudes matinales. Marie-Desneige en robe de nuit, Charlie habillé mais son lit défait, et la couche de pelleteries bien étalée dans l'autre coin de la cabane, il n'y avait aucun doute possible, ils avaient passé la nuit ensemble.

— Eh ben... mon Charlie...

Il arrivait, comme à son habitude, pour sa conversation du matin avec Charlie et découvrait celui-ci dans une situation pour ainsi dire maritale. Il aurait pu s'en trouver offensé, trahi ou dépossédé. Les conversations du matin avaient été une exclusivité, un rituel auquel ils n'avaient jamais manqué. Et voilà son compagnon de solitude avec une femme en robe de nuit. Mais les sentiments tordus ne font pas long feu en forêt, on n'y survivrait pas et Tom s'installa à table dans une calme expectative. Il attendit que se taise le tumulte intérieur pour trouver à dire ce qu'il fallait.

On s'habitua à les voir ensemble. Quand elle n'était pas chez lui, il était chez elle ou bien ils allaient ensemble dans la neige épaisse observer les signes d'un printemps qui tardait à venir. Elle, si menue et si fragile, petit oiseau toujours sur le point d'être emporté par un vent de panique, et lui, massif, si lourd et si lent, un bloc de granit que rien ne semblait pouvoir ébranler.

Il lui suffisait de poser la main là où elle lui indiquait et elle refaisait surface. Là, disait-elle. C'étaient les poumons ou l'estomac ou le foie, un organe avait froid et menaçait de disparaître. La main de Charlie, lentement, doucement, colmatait la brèche et Marie-Desneige, rassérénée, souriait à la vie en elle revenue.

Un vieil ours tenant sur terre une créature aérienne.

— M'est avis, mon Charlie, que tu commences une troisième vie.

*Il fait froid dans la cabane de Charlie. C'est une nuit de pleine lune. Le froid est vif et piquant. Le poêle ne réussit qu'à entretenir un cercle de tiédeur qui ne se rend pas aux extrémités de la cabane.*

*De son lit, Charlie observe avec inquiétude la petite buée blanche qui s'échappe du nid de fourrures. Il voudrait qu'elle s'y enfouisse bien au chaud mais il sait que Marie-Desneige ne dormira pas tant qu'elle n'aura pas terminé ce qu'elle a entrepris de raconter.*

*— La première fois, j'ai cru qu'une autre personne était venue habiter en moi, j'ai cru à un ange, un être céleste qui s'était emparé de mon corps, j'ai cru que j'allais m'envoler. Je n'ai pas paniqué. C'était à la fois réel et irréel. Comme un jeu. J'ai abandonné mon corps là où il était et je suis allée annoncer à ma mère que j'étais devenue un ange.*

*Marie-Desneige tente d'expliquer le processus de désincarnation qui la menace depuis l'adolescence.*

*— Ils m'ont internée. J'avais seize ans.*

*Charlie est inquiet.*

*— Maintenant, il n'y a plus de présence étrangère, plus d'ange, plus d'être venu de l'au-delà, il n'y a que moi et la sensation du vide. C'est très réel mais c'est difficile à expliquer. C'est très lent au début, très flou, la sensation d'un vide qui cherche à prendre place. Je peux voir très exactement là où ça commence. Au niveau des organes, bien souvent autour du foie. Le vide, quand il s'est installé, aspire tout le reste. Partir, c'est facile, mais revenir, c'est l'horreur. C'est le souvenir de cette horreur qui me terrifie dès que je me sens attaquée par le vide.*

*Charlie n'est pas inquiet pour la partie de Marie-Desneige plongée dans la fourrure, il connaît la chaleur de ce nid douillet, il y a souvent dormi avec Chummy. Ce qui l'inquiète, c'est la tache blanche et lumineuse, la tête de Marie-Desneige hors du nid, la buée qui s'en échappe et qui fait maintenant un petit nuage blanc. Le froid gagne en intensité.*

*— Parle-moi d'Ange-Aimée.*

*Il espère qu'elle s'endorme en racontant l'histoire maintes fois racontée et qu'elle s'enfouisse plus profondément dans les fourrures.*

*— J'avais dix-sept ans quand je l'ai connue et elle, vingt et un. C'est une grande fatigue nerveuse qui l'avait amenée là après son premier bébé, le seul qu'elle ait eu. Ils ont posé un diagnostic de mélancolie évolutive et lui ont fait une hystérectomie. Elle était dans un piteux état quand je l'ai connue. Elle se berçait toute la journée dans la grande salle avec dans ses bras un bébé qui n'existait pas. Moi, j'avais un diagnostic de démence précoce à cause de mon corps que je voyais se décomposer. Schizophrénie, ils ont dit ensuite.*

*« J'ai bercé son bébé. C'est comme ça que notre amitié a*

*commencé. Je lui ai demandé si je pouvais bercer son bébé, elle me l'a donné avec beaucoup de soin, je l'ai pris avec les mêmes précautions et j'ai bercé le bébé, moi aussi, très longtemps, en lui chantant des chansons. Et c'est comme ça, en berçant chacune notre tour un bébé qui n'existait pas, que nous avons appris à ne pas être là où nous étions. Nous avons bercé le bébé pendant un an, puis il est mort, nous lui avons fait des funérailles et Ange-Aimée est devenue reine d'Écosse et d'Angleterre. Les Carpates et les Nations unies sont venues plus tard. Ça nous a sauvé la vie. Pendant des années, nous avons régné sur nous-mêmes. Les rats et les cafards, nous ne les voyions pas, les cris et les hurlements, nous ne les entendions pas. Nous avions notre propre univers, nos propres lois, nos propres fantaisies. Elle était ma reine et moi, sa femme de chambre. Mon corps tenait bon. Je le voyais parfois partir, mais je m'accrochais et il revenait. »*

— *Tu as froid?*

*Le reste, il ne veut pas l'entendre, il ne veut pas qu'elle le raconte. La séparation, les chocs électriques, les comas insuliniques, le reste, il ne le supporte plus. Elles ont été séparées. Leur amitié a été jugée pernicieuse. Pernicieuse pour qui, pernicieuse pourquoi, quand on est pensionnaire du 999 Queen Street, ce sont des questions qu'on ne pose pas. Ange-Aimée a été transférée à l'étage des agités et l'enfer a commencé pour Marie-Desneige. Les crises de panique se sont intensifiées. Son corps disparaissait sans prévenir, parfois de façon totale. Chocs électriques, comas insuliniques, elle a eu droit à toutes les horreurs psychiatriques de l'époque, elle ne sait pas comment elle a pu échapper à la lobotomie. Elle ne sait pas non plus ce qu'il est advenu d'Ange-Aimée. Elle ne l'a jamais revue.*

*— Non, c'est toi qui as froid.*

*De son nid douillet, elle l'entend qui tourne et se retourne dans son lit en quête de chaleur. Le froid est à couper au couteau. Le poêle fait ce qu'il peut, mais les nuits de pleine lune sont cruelles. Charlie se lève régulièrement pour ajouter de nouveaux quartiers de bois. Elle sait qu'il ne dormira pas, qu'il veillera toute la nuit sur le feu.*

*— Allez, viens, il fait chaud ici, tu gèles dans ton lit.*

*L'invitation est tentante. Il connaît la chaleur enveloppante de la fourrure. Mais dormir aux côtés de Marie-Desneige, dans l'intimité d'une femme, il ne peut pas, son corps refuse, c'est trop d'abandon.*

*Il se lève pour nourrir le poêle encore une fois et c'est son corps piqué au vif par le froid qui le conduit à la couche de Marie-Desneige.*

*— Tu vois, ce n'était pas si difficile, dit-elle en lui ouvrant son lit, et il s'étend à ses côtés, le frimas de leur haleine se rejoignant en une petite nuée blanche qui se perd dans la nuit.*

*Chummy vient les rejoindre.*

*Leur première nuit dans le nid de pelleteries.*

## Jeunes filles aux longs cheveux

Le printemps fut long à venir. Les glaces ne libérèrent le lac qu'à la mi-mai, encore fallut-il attendre le début de juin pour vraiment se sentir à l'aise. Il restait des plaques de neige en forêt. La brise du nord vous arrachait des frissons en plein soleil.

À la mi-juin, on jugea que la terre était prête à recevoir ses premiers plants de marijuana. Les semis encombraient la cuisine de l'hôtel depuis plus d'un mois, il fallait les mettre en terre avant qu'ils ne s'étiolent. La plantation était située à flanc de colline, près du campement de Tom. L'opération n'était pas très compliquée mais exigeait plusieurs journées de travail, de sorte que Marie-Desneige et Ange-Aimée se retrouvèrent seules au campement pendant que les hommes étaient à leur plantation.

Ange-Aimée avait compris depuis longtemps ce qu'il en était. L'absence de souci d'argent, les gros joints que Steve et Bruno s'échangeaient à l'hôtel, les sacs d'engrais empilés dans la cuisine, trop d'évidences pour une femme avisée.

Quant à Marie-Desneige, elle n'y comprit strictement

rien. On lui expliqua maintes et maintes fois, rien n'y fit, c'était hors de son entendement. Des cigarettes qu'on fume pour échapper à la réalité, pour voyager dans sa tête, comme ils disaient, sans valises et sans balises, elle ne comprenait pas que des personnes saines veuillent s'adonner à la folie.

Les deux femmes eurent donc plusieurs journées qu'elles employèrent à de longues promenades. Tout était en bourgeonnement, l'été était pressé de se manifester, et les deux femmes suivirent des sentiers qui les conduisirent à un ruisseau en cascade et, plus bas, à une frayère de brochets, et plus loin encore, à un peuplement de violettes minuscules, des violettes septentrionales, dit Ange-Aimée se rappelant son autre vie, elles sont comestibles, on peut en faire de la confiture, et voilà les deux femmes à croupetons dans le sous-bois.

Elles visitèrent le campement de Tom, un fouillis indescriptible, et passèrent plusieurs fois devant celui de Ted avant de se convaincre qu'elles pouvaient y jeter un œil. Les conversations de l'hiver en avaient fait un lieu mythique, presque sacré, à tout le moins interdit, personne n'y était entré depuis l'été précédent, et c'est avec une grande prudence, empreinte de curiosité et de respect, qu'elles s'introduisirent dans la cabane de Ted.

Ange-Aimée, de son œil de photographe, eut tôt fait de repérer les toiles et de s'en intriguer. Il n'y avait là rien de naïf ou de malhabile comme elle se l'était représenté. C'était un épais sfumato traversé de lignes noires derrière lequel on pouvait deviner la présence d'un artiste véritable. Sous le gris fumeux, des taches de couleur qui se rejoignaient en une ramification cerclée d'une ligne bleu indigo. Les trois tableaux reprenaient la même composition. Celui sur le chevalet avait une charge plus émotive. La toile s'éclairait en son centre d'une profondeur que les autres n'avaient pas.

— Ils sont morts, tous, et ils sont nombreux dans la caverne.

— Quoi ? Qu'est-ce que tu dis ?

— Ils sont six, peut-être plus, le point rose à l'intérieur de la tache orangée, ça pourrait être quelqu'un de plus petit, un enfant peut-être, un tout jeune enfant, probablement un bébé, et ils sont tous morts, regarde comme le bleu qui les entoure est dur et froid. Peut-être que la tache orangée est enceinte en fin de compte, que la mère n'a pas encore accouché. Le point rose est un enfant à naître ou un tout jeune bébé dans les bras de sa mère et il n'y a rien qui bouge dans la caverne.

Un caveau, pas une caverne, le caveau à légumes dans lequel étaient morts le père, la mère et les cinq frères et sœurs de Ted. Le seul point sur lequel elle avait faux, c'était la caverne. Pour le reste, c'était stupéfiant. Marie-Desneige avait décodé le tableau de façon si pénétrante, si lumineuse qu'Ange-Aimée pouvait elle aussi voir l'enfant dans la tache orangée, l'attitude protectrice de la mère, et à côté, dans la tache jaune, le père, protecteur lui aussi, et sur les genoux du père, un autre enfant, corail celui-là. Il est mort en pleurant, précisa Marie-Desneige.

— Comment fais-tu ?

— J'ai passé plus de soixante ans à décoder tout ce qui se disait et ne se disait pas autour de moi. Les gestes, les regards, tout ce qui leur échappait et qu'ils croyaient hors de ma portée, je m'en pénétrais, je l'emmagasinais et le soir, dans mon lit, je refaisais le film de ma journée, j'analysais chaque scène, je décortiquais le moindre mot, le plus petit geste, je passais tout en revue. La survie en asile demande d'être continuellement aux aguets. Ça aiguise les sens.

La photographe se rappela ce que Bruno avait dit au sujet de sa tante. Elle voit des choses qu'on voit pas.

— Que vois-tu d'autre ?

— Qu'en ce moment, tu voudrais bien m'emmener dans l'autre cabane. Tu as les pores dilatés, tu as chaud, tu es tout excitée à l'idée des tableaux qui nous attendent dans l'autre cabane.

— Il y en a des centaines.

— Eh bien, ma pauvre toi, il faudra attendre parce que mes os sont fatigués. Demain peut-être, si la journée s'annonce bonne pour la promenade.

Ange-Aimée était redevenue la photographe. Tous ces tableaux entassés dans leur mystère, là, tout près, contenaient l'histoire d'une vie, l'histoire d'un garçon marchant dans les décombres fumants, d'un homme enfermé dans son malheur, l'histoire qui lui avait échappé tout au long de sa recherche sur les Grands Feux se trouvait encodée dans des taches de couleur dont seule Marie-Desneige avait la clef.

Mais Marie-Desneige, en ce moment, était très vieille. Blanche, presque exsangue, elle reposait dans la chaise de Ted, le dos cassé de fatigue. La promenade, ajoutée à la lecture des tableaux, l'avait épuisée. C'était trop lui demander, se désola Ange-Aimée redevenue la photographe.

Demain, décida-t-elle, pas de promenade, je viendrai chercher les toiles et je les lui apporterai. Quelques-unes, sept ou huit, pas plus.

Elle fut déçue du peu de commotion que causa la nouvelle. Ils avaient terminé les travaux de plantation et se promettaient une partie de pêche le lendemain pour se récompenser de leur labeur. La truite qui se trouvait dans les eaux fraîches du lac avait plus d'attrait qu'une énigme gribouillée au fond d'un tableau. Si Ted avait voulu qu'on y comprenne quelque chose, il aurait fait mieux que ça, fut la seule réaction de Tom. Bruno et Steve avaient fumé plus que leur soûl, ils étaient lents, enfouis dans un large sourire, la nouvelle ne réussit qu'à les engloutir davantage. Personne ne s'étonna qu'un garçon qu'on avait cru aveugle pût avoir peint quatre-vingts ans plus tard la scène que Marie-Desneige avait mise en lumière. Seul Charlie marqua de l'étonnement, mais ce fut pour Marie-Desneige, un long regard admiratif qui n'échappa à personne.

La journée du lendemain fut donc occupée à la pêche. La truite était dans une baie profonde derrière une pointe de terre qui faisait face au campement de Ted. Il ne fallait pas plus de vingt minutes en canot pour s'y rendre. Le canot était une vieille embarcation en bois. Comme il ne prenait que quatre personnes à la fois, il fallut deux voyages pour transporter tout le monde sur l'autre rive. Les chiens suivaient à la nage.

L'endroit était un ravissement. Cachée derrière une étroite bande de terre, la baie recevait un jeu d'ombre et de lumière qui s'amusait dans les eaux du lac. Sur la rive, quelques escarpements rocheux, des trouées blondes et sablonneuses, de minuscules plages baignées de soleil, et derrière, une végétation abondante, une forêt de cèdres dont l'odeur camphrée éloignait les moustiques, là était tout l'avantage de l'endroit.

Ils y avaient un camp d'été. Une cabane en tout point semblable à celles qui leur servaient d'habitation sur l'autre rive. Meublée beaucoup plus sommairement, elle ne disposait que d'un poêle, petit et rudimentaire, de trois cadres de lit sur lesquels reposaient des ballots de fourrure, d'une table, de trois chaises et, adossé contre le mur, d'un comptoir et de quelques effets de cuisine. C'était renversant de penser que trois hommes vieux de presque un siècle chacun et vivant au plus profond de la forêt avaient eu ce besoin d'un lieu à vingt minutes de leur ermitage où ils iraient en villégiature aux beaux jours de l'été. Comme des citadins à leur chalet, pensa la photographe.

Ted était associé à ce lieu, il avait été un compagnon silencieux mais un pêcheur dévot, et pendant toute la journée, chaque fois qu'une truite mordait à une ligne, c'était Ted qui venait se rappeler à leur mémoire.

On parla beaucoup de Ted, de la façon qu'il avait de lancer sa ligne, jamais un mouvement de trop, toujours dans un coin d'ombre, et cette esquisse de sourire quand il obtenait une touche, mais pas un mot, même pas quand il sortait une belle prise, les victoires de Ted étaient confidentielles. Tout comme le reste, il ne laissait rien échapper, aucun mouvement d'humeur, aucune impatience, il était muet sur tout ce qui le concernait. Et on parla enfin, à la grande satisfaction de la photographe, de ces tableaux qu'il avait laissés derrière lui et qui contenaient peut-être des éléments de réponse au mystère de Ted, mais on était sceptique. Il n'existait pour personne, même pas pour lui-même, pourquoi se serait-il donné la peine de s'expliquer dans des peintures qu'on ne comprenait pas ?

Charlie n'était pas d'accord. Ted avait eu une vie probablement beaucoup plus chargée que tout ce qu'on avait pu imaginer à son sujet. De nous trois, affirma-t-il, c'est celui qui avait le plus à dire, trop peut-être, trop pour être dit avec des mots. Un homme qui passe les vingt dernières années de sa vie à s'arracher la tête pour donner un sens à des taches de couleur a énormément à dire.

Les paroles de Charlie eurent un effet persuasif et le lendemain, les jours suivants, pendant tout l'été en fait, on chercha à comprendre le mystère de Ted.

Les tableaux furent amenés à Marie-Desneige, cinq par jour, pas plus, Charlie y veillait, et rapportés dans leur cabane, étiquetés et classés par ordre chronologique. Ils racontaient l'histoire du Grand Feu de Matheson, la photographe s'en rendit compte assez rapidement, telle que Ted l'avait vécue pendant ses six jours d'errance.

En tout, trois cent soixante-sept tableaux qui, pour l'essentiel, reprenaient le même motif, des éclats de couleur vive sous un voile de fumée, mais il s'en trouvait dans le lot qui portaient leur luminosité en avant-plan. Par exemple, les tableaux illustrant les premiers moments après l'incendie. La photographe les reconnut sans que Marie-Desneige eût besoin de les décoder. À cause de cette lumière dorée dont lui avaient parlé les survivants et qui, sur la toile, occupait tout l'espace, les fûts charbonnés des arbres ne formant qu'une fine dentelure en arrière-plan. Il fallut cependant l'œil de Marie-Desneige pour détecter la présence de cadavres dans le noir indistinct au bas de la toile.

Pendant tout l'été, la photographe s'employa à mettre les morceaux en place, car Ted n'avait pas peint comme on écrit un roman, avec le souci de raconter une histoire. Il s'était intéressé à une scène, en avait fait une ou plusieurs versions, les avait entreposées dans la cabane, et puis s'était lancé dans une autre scène, à deux jours, à cinq jours de là, peu lui importait l'ordre chronologique de ses souvenirs, il peignait pour s'en libérer, les magnifier ou les laisser à une improbable postérité. L'épaisse couche de peinture qui recouvrait les toiles donnait à penser qu'il y avait mis beaucoup de temps.

Ted n'avait pas été aveugle tout au long de son errance. La photographe doutait même qu'il l'eût été ne fût-ce que partiellement. Il y avait des toiles qui illustraient des épisodes où le jeune Boychuck avait été donné pour complètement aveugle. Celle des survivants de l'étang, par exemple, une scène éminemment surréaliste. Trois hommes plongés à mi-corps dans les eaux boueuses d'un étang, un orignal baignant dans les mêmes eaux et un oiseau juché sur l'épaule droite du plus jeune d'entre eux. La photographe eut du mal à reconnaître le vieillard qui lui avait raconté cet épisode, le jeune homme à l'oiseau perché, mais tous les détails étaient là, incrustés dans d'épaisses coulées de couleur, impossible d'échapper à cette vision de fin du monde. Il titubait dans les décombres, lui avait dit le jeune vieillard, comme s'il marchait dans des pas trop grands pour lui, comme s'il marchait dans les pas de Dieu.

Certains tableaux révélèrent des épisodes qui lui étaient totalement inconnus. Aucun survivant ne lui avait parlé de ces deux jeunes filles qui avaient dérivé le long de la Black River sur un radeau. Leurs cheveux, magnifiquement blonds et lumineux, leur couvraient tout le corps. Couchées à plat ventre sur le radeau, on ne voyait qu'une traînée d'or dans ce que Marie-Desneige reconnut comme les eaux noires d'une rivière. Elle ne sut toutefois comment interpréter la traînée lumineuse dans la masse noire. Il fallut d'autres tableaux qui reprenaient le même motif sous un angle différent, puis d'autres encore où les jeunes filles étaient debout sur le radeau ou agenouillées, pour qu'elle pût distinguer les formes humaines sous la masse des cheveux. Les mêmes jeunes filles revinrent dans une autre série, Marie-Desneige les reconnut immédiatement, où on les voyait agiter les bras au-dessus de leur tête. Elles crient, elles implorent, elles ont vu sur la rive quelqu'un qui pourrait leur venir en aide, annonça-t-elle.

On les revit plusieurs fois au cours de l'été. Charlie et Tom, qui s'étaient tenus à distance, commencèrent à s'intéresser à l'histoire des deux jeunes filles. Car il s'agissait bien de cela, une histoire, avec un début quand on les voyait au loin sur la rivière, puis plus près, pagayant de leurs mains, et puis on les vit chavirer, c'est du moins ce que supposa Marie-Desneige. Cette série était confuse, difficile à lire. Plus on avançait dans l'histoire, moins on comprenait. Les tableaux n'étaient plus que coulées et giclées de couleurs véhémentes. Ted s'était mis à la spatule et au dripping.

On en arriva au jour où Marie-Desneige, réussissant à lire un tableau particulièrement embrouillé, leur annonça qu'il s'agissait du portrait des jeunes filles. Elle leur indiqua les lignes à suivre dans la pâte épaisse qui dessinaient le contour des visages, les bouches, les joues, et là où filtrait un éclat de lumière rose, les yeux, et, ce qui rendait les personnages reconnaissables entre tous, ces filaments dorés qui s'entremêlaient, leurs cheveux.

— Les jumelles Polson ! s'exclama Tom, étonné de reconnaître quelqu'un dans cet embrouillamini.

— Qui ?

— Les jumelles Polson, c'étaient des beautés, et leurs cheveux ! Une parure incroyable ! Mais Ted s'est trompé, elles avaient pas les cheveux aussi longs, en tout cas, pas jusqu'aux chevilles.

Tom n'en savait pas tellement au sujet des deux beautés. Nées à Matheson d'un père écossais et d'une mère lettone, elles avaient été l'attraction de l'endroit. On venait d'aussi loin que Hearst pour les voir. Leur beauté ne fit que s'amplifier et, à l'adolescence, les parents résolurent de les cacher aux yeux du monde. Trop belles pour un aussi petit patelin. Tom ignorait tout de leur odyssée sur la Black River. Il croyait vaguement savoir que l'une s'était mariée à un type de Cochrane et que l'autre avait suivi un musicien.

Chose certaine, elles avaient fortement impressionné le jeune Boychuck. La totalité des tableaux qui leur étaient consacrés se chiffrait à trente-deux. Ted avait-il été amoureux de l'une d'elles ? Ou des deux ? La question se posait.

Le lendemain de la découverte du portrait des jumelles Polson, Charlie emmena Marie-Desneige se reposer au camp d'été. C'était la seule façon de l'éloigner des tableaux. Cet exercice l'épuisait.

La photographe profita de cette journée de répit pour poursuivre le classement et l'étiquetage des tableaux. Le plus difficile était de donner à chacun un titre. Dans le cas de la série sur les jumelles Polson, le titre était tout trouvé. *Jeunes filles aux longs cheveux* 1, 2, 3 jusqu'à 32. Mais certaines toiles restaient sans titre et attendaient le long d'un mur de la cabane que la photographe fût frappée de la juste inspiration. Il y avait celle d'un *Enfant de ruisseau*, c'est ainsi qu'elle l'appelait intérieurement, mais elle ne se résignait pas à lui accoler un nom aussi banal. Le drame qu'avait vécu cet enfant méritait plus de considération. Il y avait aussi toute la série concernant l'hécatombe de Nushka. Des images d'apocalypse qui restaient sans voix. De cette série, elle avait cependant isolé deux tableaux représentant *La vache pleureuse*. Le titre était venu de lui-même. La vache était en larmes, littéralement. Dans *La vache pleureuse* 1, les larmes tombaient une à une comme des perles de pluie dans le paysage dévasté, alors qu'elles coulaient à flots dans *La vache pleureuse* 2. Elle ne comprenait pas pourquoi Ted s'était livré à une telle fantaisie.

Marie-Desneige et Charlie revinrent en fin de journée, détendus et souriants, l'escapade leur avait fait grand bien.

On se remit à la lecture des tableaux, mais on prit soin

désormais de réserver des pauses pour Marie-Desneige. Le décodage des tableaux était plus exigeant qu'il n'y paraissait et Marie-Desneige, après quatre ou cinq jours de travail, devenait atone, lente et presque sans acuité visuelle, plus vieille d'une journée, disait-elle d'un sourire las, et Charlie l'emmenait au camp d'été.

Le Nord a des étés courts mais intenses. Une chaleur sèche, sans vent, immobile, emprisonne l'air et ne vous laisse d'autre choix que plonger dans un lac. Et c'est vraisemblablement ce que Marie-Desneige et Charlie faisaient. Ils revenaient de leur escapade plus souriants que jamais et les cheveux dégoulinants d'eau. Marie-Desneige en figure de proue à l'avant du canot, à peine reconnaissable à cause de ses cheveux lissés sur le crâne, et Charlie, à l'arrière, pagayant d'un geste princier.

L'été était déjà avancé quand on en vint à un tableau qui allait donner un tout autre sens à la quête de la photographe. Le tableau était saisissant de réalisme, complètement différent du reste de la production de Ted, un portrait que la photographe identifia immédiatement. La femme peinte dans des tons clairs sur un fond violacé avait un regard auquel on ne pouvait échapper. Très enveloppant, très doux, presque caressant. Toute la présence de cette femme était dans ses yeux qu'elle avait bleus ou verts, leur couleur était difficile à cerner, mais la lumière qui s'en échappait ne laissa aucun doute à la photographe. La femme était plus jeune de vingt ou trente années, elle avait des rides moins accusées, des cheveux pas encore complètement blancs, mais le même éclat de lumière rose au coin des yeux.

Pas de doute, c'était bel et bien la petite vieille du High Park, la petite vieille aux oiseaux. Cent deux ans, se demandait encore la photographe, était-ce possible ?

Sur la toile, l'éclat de lumière n'était pas moqueur mais aimant.

— Elle est amoureuse, annonça Marie-Desneige.

— Amoureuse ?

— De celui qui la regarde.

*Ils sont dans le camp d'été, étendus sur une couche de fourrures, encore ruisselants d'eau. Ils viennent de se baigner et Marie-Desneige est épuisée d'avoir lutté contre une crise de panique. C'est arrivé sans qu'elle y prenne garde. Ils avançaient dans l'eau, main dans la main, et Charlie a senti une légère crispation des doigts de Marie-Desneige dans sa main. Ils avaient de l'eau aux épaules quand c'est arrivé.*

*Charlie a aussitôt compris ce qui se passait. Elle avait un regard dur, concentré.*

*Il l'a prise dans ses bras et l'a ramenée vers la rive. Elle n'a pas protesté, ni du geste ni de la parole, elle s'est laissé emporter et quand, parvenu au camp d'été, il a voulu la déposer sur la fourrure, elle s'est retenue à ses bras, elle ne voulait pas le quitter. Il l'a gardée contre lui.*

*— Là, c'est fini, c'est passé.*

*Ils sont dans le coin le plus sombre de la cabane, mais en cette belle journée d'été, même les coins sombres ont leur luminosité et Charlie suit la lumière qui parcourt le corps de Marie-Desneige dans tous ses replis.*

*Ils sont nus.*

*Les premières fois, ils se baignaient en sous-vêtements, mais l'inconfort des sous-vêtements mouillés une fois habillés les avait convaincus de se baigner nus. La réaction de l'un ne fut pas la même à la nudité de l'autre. Marie-Desneige avait retenu un fou rire. Le corps de Charlie, massif dans sa partie supérieure, tenait sur de petites jambes arquées entre lesquelles pendouillait l'appareil génital qui lui parut énorme, disproportionné. Le regard de Charlie, lui, ne pouvait se détacher du blanc bouquet des poils pubiens. Ils s'habituèrent cependant à se retrouver nus l'un devant l'autre. La baignade n'en fut que plus appréciée, aucun vêtement ne venant s'interposer entre la soie de l'eau et leur peau.*

*— Shhhhhh, non, je t'en prie.*

*Elle est toute petite dans ses bras et il la berce comme un enfant.*

*— Shhhhhh, non, ne chante pas, je t'en prie, ne chante pas.*

*Elle est encore en lutte, elle n'a pas complètement réintégré son corps. Le balancement dans les bras de Charlie la calme un peu, mais fait revenir le chant plaintif qui l'aide à refaire surface. Cette complainte, il n'en peut plus. Et pour ne pas l'entendre, il se met à chantonner, un son à la fois, psalmodié sur trois notes, une mélopée qui lui vient d'une autre vie, quand sa femme endormait ses enfants.*

*— Ahahahaha, uhuhuhuhu, ohohohoho...*

*La berceuse fait de l'effet. Marie-Desneige se détend.*

*— Là, dit-elle.*

*Charlie l'étend sur la fourrure et pose la main là où elle le lui indique. La peau sous le cuir de sa main est chaude et douce.*

*— Là, dit-elle encore.*

*Et la main va caressant l'abdomen sous le sein flétri.*

*Elle sourit, elle revient à la vie. Charlie sent les nœuds de panique se défaire sous sa main.*

*— Là ? demande-t-il en désignant le bouquet blanc.*

*Elle sourit, coquine et coquette, elle est plus jeune de trente ans. Lui aussi a rajeuni. En ce moment, ils ont cinquante ans, peut-être vingt.*

# La collection d'amours impossibles

Miss Sullivan, c'est ainsi que la dame s'était présentée la première fois que la photographe avait mis les pieds au petit musée municipal de Matheson. Pas de prénom, uniquement ce Miss sur lequel elle avait insisté comme sur une particule de noblesse. La photographe avait gardé le souvenir d'une vieille fille desséchée, très grande, longue et penchée. Si ça se trouve, avait-elle pensé, elle a les pieds plats et le sacrum inversé, tellement elle lui paraissait en équilibre instable tout au long de ce corps sec et revêche. Mais un romantisme à faire pleurer. S'il fallait l'en croire, le jeune Boychuck aurait erré des jours dans les décombres à la recherche de son aimée. C'est ce qui ramenait la photographe au petit musée de Matheson.

Elle avait apporté le portrait que Ted avait fait de la petite vieille aux oiseaux.

La dame du musée n'eut aucune difficulté à l'identifier. Angie Polson, dit-elle sans hésiter. Angie, c'était celle qui avait suivi un musicien. L'autre jumelle s'appelait Margie et elle était morte depuis longtemps. Angie était la plus fantasque, avait ajouté la dame. La photographe n'en doutait pas.

Elle avait apporté aussi quelques tableaux de la série *Jeunes filles aux longs cheveux*. Elle n'espérait pas que la dame pût les identifier. Marie-Desneige elle-même avait eu du mal à s'y retrouver. Non, ce qu'elle espérait, c'était l'entendre encore une fois au sujet de ces fleurs qu'on avait vues dans les mains du jeune Boychuck errant. Des fleurs pour son aimée, avait dit la dame. Une bluette de vieille fille, avait alors pensé la photographe, mais maintenant elle se demandait si cette histoire d'amour n'avait pas un fond de vérité.

Tom, quand elle leur avait annoncé son intention de retourner au musée de Matheson, avait été cinglant. Dis donc, lui avait-il lancé, t'as pas une vie à toi pour t'intéresser autant à celle des autres ?

Elle n'était pas sans savoir ce que sa présence suscitait de commentaires et de réflexions à l'ermitage. Elle y était acceptée, on l'appréciait, on aimait sa compagnie, mais on s'inquiétait qu'une femme encore jeune, petite quarantaine selon eux, n'eût pas d'autres besoins. Certes, elle allait à Toronto où elle avait ses affaires, il lui fallait travailler de temps en temps, mais sitôt ses affaires réglées, elle revenait à l'ermitage. À croire qu'elle ne savait pas vivre autrement. En photo, en peinture ou vivants, il lui fallait des vieux.

— Tu t'occupes pas beaucoup de ta vie, lui avait fait remarquer Charlie un jour.

— Et Bruno ? Et Steve ?

— C'est pas pareil, et il avait fait le geste d'aspirer un joint.

Steve et Bruno, il ne fallait pas s'inquiéter pour eux, ils avaient une vie toute tracée, marijuana et retraite au fond des bois. Ils allaient un jour être les deux vieux de l'ermitage ou occuper l'hôtel du Libanais jusqu'à la fin de leurs jours si l'hôtel tenait bon.

— Tu vas aussi t'occuper d'eux quand ils vont être vieux ?

À cela, elle n'avait rien répondu. Charlie s'illusionnait s'il croyait qu'ils auraient des successeurs. Bruno n'avait pas une vocation d'ermite des bois. Et Steve, eh bien, Steve, oui, peut-être, on ne pouvait pas savoir avec Steve, il se fichait royalement de ce qu'il adviendrait de lui. Quant à elle, elle n'avait pas d'inclination particulière pour la marijuana, une touche par-ci par-là, rien de plus, et aucunement la vocation d'une soignante. Elle s'était coulée dans le rôle d'Ange-Aimée par compassion, par amitié et puis, finalement, elle trouvait que ça lui allait bien, cette peau qui n'était pas la sienne et qui réconfortait, consolait, supportait. Mais depuis qu'on avait découvert les tableaux, elle avait retrouvé son ancienne personnalité et c'est ce qui l'avait ramenée au musée de Matheson.

Miss Sullivan était ravie. Les visiteurs étaient rares, encore plus rares étaient ceux qui revenaient, et il y avait une magnifique histoire d'amour dans l'empaquetage de tableaux de sa visiteuse. Magnifique, douloureuse, secrète, tout pour faire rêver.

Les jumelles Polson, elle ne les avait pas connues du temps de leur fraîche beauté. Je suis trop jeune, avait-elle dit, soixante-six ans. La photographe la trouva charmante dans son désir d'avouer son âge. Elle eut la réaction espérée.

— Vous ne les faites pas.

Elle les faisait amplement, mais soixante-six ans, c'était effectivement trop jeune pour avoir connu les jumelles Polson du temps où elles étaient les merveilles de Matheson. Elle les avait connues plus tard. Miss Sullivan avait alors quinze ans, s'appelait Virginia, était déjà très longue et très romantique, et attendait que sa mère en eût fini de son bavardage avec la propriétaire de la mercerie où elles étaient allées pour des œillets de draperies quand elles avaient vu passer à la fenêtre Angie Polson qui s'en allait d'un pas allègre vers la gare.

— En v'là une qui se gêne pas pour venir embêter l'autre, avait dit sa mère ou la mercière.

Angie Polson ne ressemblait en rien aux femmes de Matheson. C'est ce qu'on ne lui pardonnait pas. Élégante, racée, stylée, on la soupçonnait d'avoir une vie dissolue là-bas à Toronto ou ailleurs puisque, à plus de quarante ans, elle était sans mari et sans enfants, et toujours aussi belle. Une originale. Depuis le grand foulard bohémien jusqu'au vertige des talons aiguilles. Personne à Matheson ne s'habillait comme ça, n'avait cet allant, cette liberté. La jeune Virginia était en admiration, littéralement.

À quinze ans, elle ressemblait déjà à la vieille fille qu'elle deviendrait, mais le même petit cœur battait dans la même poitrine et cette femme rebelle chargée d'amours ardentes et tumultueuses, probablement interdites, qu'elle avait vue passer devant la mercerie, devint la figure emblématique de la vie qu'elle n'aurait jamais. Elle savait que le grand amour dont elle rêvait lui serait impossible.

Qui Angie Polson était-elle venue embêter ? Tout le monde et personne en particulier, la réflexion de sa mère, ou de la mercière, venait de ce fond inépuisable de méchancetés que les petites villes entretiennent jour après jour.

La longue et romantique Virginia Sullivan se mit donc à rassembler les morceaux épars des amours secrètes d'Angie Polson, ce qui lui donna une sensibilité particulière pour tout ce qui était dit et soupiré à Matheson. Elle en vint à connaître plus que nécessaire sur la vie des gens. Des jalousies, des rancunes, des vengeances, envers monstrueux et petites rédemptions, elle-même était étonnée de ce qu'elle ramassait. À écouter le moindre bruit qui lui parvenait, à coudre et découdre ce qui lui était raconté, elle devint très habile dans l'art du secret. C'est ainsi qu'elle avait deviné les amours secrètes d'à peu près tout le monde à Matheson.

La photographe ne saisit pas le sens de la question quand la longue silhouette grise se pencha sur elle et lui demanda, sur le ton de la conspiration :

— Vous voulez voir ma collection ?

Au large sourire qui accueillit son regard étonné, elle comprit qu'un grand honneur lui était fait.

— Il n'y a rien de plus beau qu'un amour impossible.

Le cahier qu'elle lui mit entre les mains était on ne peut plus banal. Couverture cartonnée, reliure à spirale, papier ligné. Sur la couverture, deux monogrammes reliés entre eux par un cœur. Si les monogrammes étaient ouvragés, très stylisés, le cœur par contre était d'une naïveté affligeante. Rouge, évidemment, et traversé de la flèche de Cupidon, il laissait tomber quelques gouttes de sang comme dans une icône christique. La vieille fille, à l'évidence, aimait les cœurs qui saignent. Et ils étaient nombreux, les cœurs saignants, dans son armoire vitrée d'où elle avait tiré ce cahier, puis un autre et un autre, elle en avait en tout une vingtaine.

— Ma collection, dit-elle d'une voix lente et feutrée.

Amoureuse, pensa la photographe, elle a la voix d'une amoureuse. Une femme peut-elle vraiment trouver son contentement dans des amours étrangères qui au surplus n'ont pas été vécues ?

Les cahiers racontaient des histoires tristes à mourir, l'amour brûlait dans les cœurs, rarement dans la fusion des corps, et pourtant, il y avait dans ces récits une grâce, une rédemption. Le regard adorateur de la vieille fille. Peu importe que les corps aient fusionné ou non, l'important était le pas à pas timide et maladroit de deux êtres portés l'un vers l'autre qu'une observatrice anonyme suivait avec dévotion, notant le jour et l'heure où l'homme avait salué la femme, le geste de celle-ci pour se distancer du bras de son mari et le temps qu'il faisait le lendemain quand la femme était revenue seule, même heure, même endroit, cherchant du regard celui qui l'observait d'un endroit qu'il n'avait pas pu quitter. Ils pouvaient se poursuivre ainsi des années dans un délicieux chassé-croisé sans qu'aucun des deux traverse la ligne interdite. L'attention de l'observatrice ne fléchissait pas. Elle notait tout. Les changements de coiffure, l'apparition d'un décolleté, d'un col amidonné, des contacts plus rapprochés, frôlements et regards doux, mais dès qu'apparaissait à nouveau la possibilité de franchir la ligne interdite, c'était l'exaltation, l'observatrice ne se tenait plus, allait-il oui ou non répondre à cette lettre ? S'il lui écrivait une lettre à son tour, il y aurait un rendez-vous sous la lune, des baisers brûlants, un échange de promesses, d'autres rendez-vous, d'autres baisers, et le mari, fou de rage, de dépit et de douleur, qu'allait-il faire ? Elle en discutait pendant des pages et des pages et la photographe, la lisant, voyait bien que l'inquiétude de la vieille fille était que, se réalisant, cet amour ne lui appartînt plus.

Fin du cahier GR cœur saignant YT, car plutôt que d'affronter un mari jaloux, GR s'était satisfaite d'un seul rendez-vous brûlant.

Un cahier intrigua particulièrement la photographe. Le cœur saignant y était, précédé du monogramme JM, mais en lieu et place du monogramme qui aurait dû lui répondre, il y avait un point d'interrogation.

— Je n'ai pas réussi à savoir qui elle aimait, expliqua Miss Sullivan. Elle était amoureuse, c'était indéniable. Il y avait en elle une absence qui ne trompe pas, l'air de ne jamais être là où elle était. J'ai cherché autour d'elle, cherché l'homme qui l'habitait. Pendant des années, j'ai suivi ses déplacements, à la gare, au bureau de poste, partout, j'espérais une lettre, un voyageur inconnu, mais rien. Elle est morte avec son secret et cet air d'attendre quelqu'un qui n'est pas venu, même pas à ses funérailles. J'y étais et je n'ai vu aucun homme éploré sauf son père. Morte à trente ans d'avoir trop pleuré. Pleurésie, qu'on a dit. C'était bien trouvé. Dans le mot pleurésie, il y a le mot pleur et pas l'ombre de l'idée d'un suicide. C'est l'histoire la plus triste de ma collection.

Sur la couverture du dernier cahier, trois monogrammes, AP MP et TB, tournant autour d'un cœur traversé de deux flèches.

— Il les aimait toutes les deux.

Voilà donc l'histoire des jumelles Polson et de Boychuck colligée d'une écriture serrée par l'austère Miss Sullivan depuis ce moment où, jeune Virginia, elle avait aperçu Angie Polson par la fenêtre de la mercerie. La dernière entrée dans le cahier datait seulement d'un an, quand la photographe était venue à son musée en quête d'informations sur les survivants des Grands Feux et plus particulièrement sur Boychuck. Cette femme a-t-elle un message pour Theodore ? s'était demandé la vieille fille dans le cahier. Angie a-t-elle confié un message à cette femme ?

La photographe feuilleta le cahier, glanant quelques phrases ici et là, assez pour comprendre que l'histoire était sans espoir. Chacun et chacune gravitaient autour de cet amour qui les tenait à distance tout en les maintenant liés dans une sphère aimantée qui avait tout pouvoir sur eux. Les chassés-croisés étaient nombreux, les revirements de situation désespérants, personne n'était là au bon moment. La jeune Virginia les a suivis jusqu'à devenir vieille fille. Avec toujours la même question qui revenait en écriture pointue et serrée. Theodore finira-t-il par choisir ?

— Theodore ?

La photographe était intriguée. D'où lui venait ce nouveau prénom ?

Theodore Boychuck, c'est ce qui était écrit sur les enveloppes. Theodore Boychuck, Poste restante, Matheson, Ontario. Parfois en lettres longues et fines, parfois en rondeurs enfantines, les jumelles n'avaient ni le même tempérament ni la même écriture.

— Theodore était son véritable prénom.

Les lettres qu'elles lui envoyaient poste restante étaient le fil ténu sur lequel reposait toute l'histoire. La jeune Virginia n'en ratait pas une. Tous les jours, sous prétexte d'aller chercher le courrier de ses parents, elle allait au bureau de poste et parce qu'elle était grande dévoreuse de livres, donc lettrée, ce qui n'était pas le cas de bien des gens à Matheson, on lui demandait de lire des lettres et parfois d'en écrire. La maîtresse de poste, elle-même pas très scolarisée, prit l'habitude de s'adresser à elle pour ses communications officielles. D'une chose à l'autre, elle en vint aussi à aider au tri du courrier, ce qui l'amena à découvrir cette étrange danse à trois annoncée chaque fois par deux lettres envoyées poste restante.

Elle notait dans son cahier la date et le lieu d'oblitération de l'une et de l'autre, distantes habituellement de quelques jours, puisque l'une venait de Toronto et l'autre de Cochrane, et la date de l'arrivée en gare d'un homme qu'elle en vint à reconnaître facilement. L'homme, grand et sombre, se dirigeait vers une maison de chambres, y laissait ses bagages et allait ensuite au bureau de poste récupérer les deux lettres qui l'attendaient. Tout était noté dans le détail. Ses habits, l'allure de son pas, le temps passé à la maison de chambres, la façon qu'il avait de hocher la tête pour remercier quand on lui remettait les lettres, mais pas un mot, la jeune vieille fille ne l'a jamais entendu prononcer un mot.

Les lettres, elle les lisait, évidemment. Comment aurait-elle pu suivre tout au long une histoire qui n'avait eu aucun témoin ? Elle les subtilisait à la postière, les décachetait à la vapeur, les lisait, en recopiait de larges extraits dans son cahier et les rapportait intactes, prêtes à être livrées à leur destinataire.

Cher Fedor, commençaient-elles, ou Cher Fedia. Un diminutif affectueux de Theodore, expliqua la vieille fille. Angie utilisait plus aisément le Cher Fedia, alors que Margie s'en tenait généralement au Cher Fedor, quoiqu'il arrivât que la salutation changeât de l'une à l'autre.

— Elles l'aimaient toutes les deux.

Les lettres qui arrivaient à Matheson ne fixaient pas un rendez-vous, mais faisaient référence à des rendez-vous pris ailleurs, à d'autres lettres qu'il ou elle lui avait écrites et avait ou n'avait pas reçues, à des changements d'adresse, surtout dans le cas de Theodore qui, semblait-il, n'avait pas de domicile fixe, allant d'un endroit à l'autre au gré du travail qui se présentait, ce qui obligeait les deux femmes à suivre tout un dédale de postes restantes le long des différentes lignes de chemin de fer qui desservaient l'Ontario, ce dont elles se plaignaient parfois dans leurs lettres. Quand donc te décideras-tu à t'arrêter quelque part ?

Ces lettres étaient faites d'avancées et de reculs déchirants. Tantôt c'était Angie qui écrivait que le cher Fedia devait comprendre que sa sœur Margie ne survivrait pas sans son amour, tantôt c'était Margie qui se retirait et demandait à son cher Fedor de l'oublier, puisqu'elle était maintenant mariée à un homme qui la chérissait, et d'aller vers sa sœur qui était libre et l'attendait depuis tellement d'années. Puisque Theodore ne parvenait pas à choisir, les deux sœurs se chargèrent de le faire à sa place. Cet incroyable sacrifice que chacune était prête à consentir ne servit à rien, car Theodore, incapable d'une décision, ne fit qu'obéir et alla de l'une à l'autre sans que personne s'en trouvât heureux.

Les lettres faisaient référence à tout un passé de rendez-vous manqués, de ratages et de malentendus, la période la plus difficile ayant été ces six années pendant lesquelles elles furent sans nouvelles de leur cher Theodore. Il avait quitté Matheson avec l'idée de ne jamais y revenir, car il les avait crues noyées dans la Black River. Et elles, de leur côté, le pensaient à Toronto. Cette période a été déterminante. Les premiers faux pas ont fixé à tout jamais les conditions dans lesquelles ils allaient vivre cet amour à trois. Les lettres y faisaient souvent référence. Comment avons-nous pu nous égarer dans autant de chemins parallèles ?

À dix-huit ans, Angie s'enfuit à Toronto avec un musicien de passage dans l'espoir d'y retrouver Theodore. Mais Theodore était à plus de mille kilomètres à l'ouest, docker à Port Arthur. Deux ans plus tard, il se décida à affronter ses fantômes et débarqua à la gare de Matheson. Mais Margie était à Cochrane, mariée à un quincaillier, et Angie l'attendait à Toronto.

— Angie était libre, il aurait pu l'épouser, non ? s'exaspéra la photographe.

— Oui, il aurait pu, mais il aimait aussi Margie.

— Pourquoi donc Margie s'était-elle mariée à ce type de Cochrane ?

— Pour laisser la place libre à Angie.

— Ouf... !

L'histoire commençait à se tordre un peu trop au goût de la photographe mais, visiblement, toutes ces complications amoureuses ravissaient Miss Sullivan. Ses joues avaient pris une légère coloration et ses yeux brillaient comme des billes au soleil.

L'histoire avait cependant le mérite de répondre à la question du Grand Feu de Matheson. Qu'est-ce qui avait tenu le jeune Boychuck en errance pendant six jours ? L'amour, il n'y aura jamais que l'amour, pensa la photographe, pour expliquer ce qu'on ne comprend pas. Elle avait encore quelques difficultés avec le nouveau prénom de Boychuck, mais c'est un Theodore jeune et amoureux qu'elle imagina dans les décombres fumants, allant et venant le long de la Black River à la recherche des deux jeunes filles. Les tableaux de la série *Jeunes filles aux longs cheveux* prenaient tout leur sens, en particulier celui dans lequel Marie-Desneige était parvenue à identifier un radeau en train de chavirer dans un bouillonnement d'eau noire. Le jeune Theodore avait été témoin de la scène. Il n'avait pas pu leur porter secours et il avait erré pendant des jours dans l'espoir de les retrouver.

C'était plus qu'elle n'escomptait de sa rencontre avec la dame du musée. Elle était venue simplement pour valider une intuition. Et voilà qu'elle repartait avec une histoire qui reconstruisait l'identité de la très vieille femme qui l'avait lancée dans cette quête.

La petite vieille du High Park était l'une des deux jeunes filles aux longs cheveux. Miss Sullivan l'avait clairement identifiée. D'abord sur cette toile qui la représentait à plus de soixante ans et puis sur celle où on la voyait avec sa sœur jumelle.

— Cent deux ans, elle aurait cent deux ans, est-ce possible ?

Le sourire chez les gens qui n'en ont pas l'habitude est d'une rare beauté, il illumine tout le visage. Celui de Miss Sullivan était un soleil radieux.

— Angie a toujours été taquine, répondit-elle, elle aimait s'amuser.

Miss Sullivan était ravie de savoir Angie Polson vivante. Elle était sans nouvelles depuis très longtemps. Aucune apparition de l'ancienne merveille de Matheson, aucune lettre poste restante pour Theodore Boychuck depuis plus de vingt ans.

Elle ne fut pas surprise d'apprendre le décès de Boychuck.

— Il traînait la mort avec lui.

La mort de Theodore Boychuck signifiait cependant la fin de sa collection. Le cahier AP MP TB était son dernier dossier actif. Elle n'en espérait pas d'autre.

— L'amour impossible n'est plus possible de nos jours.

La photographe la quitta avec soulagement. La vie de cette femme qui n'avait pas trouvé, même pas cherché, ce qu'il lui fallait, était un désastre.

*Ils sont en état de lenteur. Le temps étire chaque geste, chaque pensée. Charlie est étendu sur son flanc gauche au-dessus de Marie-Desneige qui reçoit ses caresses. Les mains de Charlie sont douces et pénétrantes. Elles s'intéressent à ses genoux, à ses chevilles, elles ne négligent rien, elles vont et viennent sur ses cuisses, à l'intérieur des cuisses, lentement, méthodiquement, elles caressent, palpent, malaxent, et quand elles en arrivent à l'ourlet des fesses, au bouquet pubien, les mains dérivent lentement.*

*Il se penche vers elle. Sa grosse tête blanche ébouriffée entreprend de la renifler sur tout le corps. Tu sens la vanille, lui dit-il quand il s'emmêle dans ses cheveux. Il se niche dans le cou, descend les épaules, prend une longue bouffée dans les aisselles. Tu sens le printemps, dit-il, et elle sourit. Toi, tu ne sens plus l'hiver, lui dit-elle à son tour, et ils sourient tous les deux à la pensée de la forte odeur du sous-vêtement de laine qui imprégnait leur couche d'hiver.*

*La grosse tête de Charlie descend le long de la poitrine, s'enfouit au creux des seins, deux petites outres vides qu'il caresse du bout des doigts puis plus hardiment, plus généreusement, pendant qu'il descend encore, humant, explorant, laissant son souffle chaud sur la peau parcourue. Marie-Desneige se laisse respirer comme une fleur qu'on va cueillir, une eau qu'on va boire. Elle laisse le souffle chaud de Charlie l'envelopper, la pénétrer.*

*Il en est au ventre. Doux, tendre, et fleurant la cannelle, dit-il, quand après s'être arrêté au nombril et à son odeur de terre profonde, il découvre une cicatrice violacée sous la peau qui s'est repliée à cet endroit et cache une vieille blessure. La cicatrice est longue, horizontale, dure au toucher. Il lève les yeux vers Marie-Desneige.*

*— C'est à cause de l'enfant, dit-elle.*

*Il souffle sur la cicatrice, il la caresse, l'embrasse, puis replie la peau sur la blessure. Rien n'y paraît, le passé peut dormir sur lui-même.*

*Il se laisse lentement glisser là où l'attend Marie-Desneige et il respire cette odeur de mer et de terre, il lisse les poils de ses doigts caressants, il les couvre de son souffle chaud, puis il lève la tête et voit Marie-Desneige qui lui sourit et l'appelle et il revient à l'odeur de ses cheveux, étendu de tout son long sur elle.*

*Commence alors le lent travail de fusion des corps qui dans leur cas est malaisé, car ils n'ont ni la jeunesse ni l'entraînement qu'il faut. Mais lentement ils trouvent leur rythme. Les jambes s'enlacent, les langues s'entremêlent, les corps s'étreignent, se bercent sur la couche de fourrures. Mais l'âge bientôt se manifeste, la respiration s'alourdit, ne se fait plus que par à-coups dans le cas de Charlie, et il faut que les corps se séparent, s'abandonnent, l'un à côté de l'autre, vaincus par l'effort.*

*L'accouplement n'a pas eu lieu, ne se fera jamais, il y a trop longtemps pour l'un et pour l'autre.*

*— Tu as eu un enfant ?*

*La voix de Charlie est hésitante. Il voudrait réconforter, consoler, panser les blessures, mais il y a dans sa voix sa propre blessure, celle du mâle châtré par la vieillesse.*

*— Il y a longtemps.*

*— Un garçon ? Une fille ?*

*— Je ne sais pas, ils ne me l'ont pas dit.*

*— Tu as eu d'autres enfants ?*

*— Non, je suppose qu'avec la césarienne ils m'ont fait aussi une hystérectomie.*

*Marie-Desneige s'est blottie contre lui, très féminine, très soucieuse de ses pensées à lui.*

*— Merci, dit-elle, sachant qu'il lui demandera pourquoi.*

*Mais il ne demande rien.*

*Elle lui explique qu'elle n'a jamais connu ça, les baisers, les étreintes, elle n'a connu que les affaires faites en vitesse dans une cage d'escalier, derrière une haie, la jupe relevée, et un homme pressé d'y arriver et d'en finir, parfois un résidant, parfois un surveillant, aussi jeune ou aussi vieux qu'elle, et pourtant elle ne s'en plaint pas, elle a toujours aimé le bidiwiwi.*

*— Le bidiwiwi ?*

*— Nous n'avions pas d'autre mot.*

*— Et tu aimais le... bidiwiwi ?*

*— Beaucoup, même quand il était forcé, je réussissais à y trouver mon plaisir. Mais je n'ai jamais été embrassée, jamais caressée.*

*— C'est ton premier baiser ?*

— *Mon premier baiser et c'est bien meilleur que tout ce que j'avais imaginé.*

— *Tu auras tous les baisers que tu veux, je te le promets, tous les baisers que tu n'as pas eus, des millions de baisers, des milliards et des trillions de caresses.*

— *Pour ça, il faudra vivre longtemps.*

— *Qu'est-ce qui nous en empêche ?*

— *Promets-moi que tant que je serai vivante, tu ne toucheras pas à ta boîte de sel.*

— *Je te le promets.*

— *Promets-moi que tant que tu seras vivant, tu ne me laisseras pas approcher ta boîte de sel.*

— *Je te le promets.*

— *Même au plus fort d'une crise, même quand je te supplierai, promets-moi.*

— *Je te promets.*

# Un loup dans la nuit

— Non, cet homme ne pouvait pas aimer.

La photographe était revenue à l'ermitage avec cette folle histoire d'amour en se demandant qui aurait la réaction la plus véhémente. Ils refuseront d'y croire, s'était-elle dit. Et voilà que la seule personne qui aurait pu être sensible au romantisme de l'histoire rejetait l'idée même d'un Ted amoureux.

Marie-Desneige était formelle. Un homme qui avait en lui des images d'une telle horreur, qui s'en était alimenté jusqu'à l'obsession, ne pouvait pas aimer. La souffrance quand elle s'empare de quelqu'un ne laisse place à rien d'autre. J'ai vu des hommes et des femmes souffrir au point d'aimer leur douleur, de l'entretenir, de lui ajouter de nouveaux tourments. Je les ai vus se mutiler, se bourrer d'injures, se rouler dans leurs déjections et je ne parle pas des tentatives de suicide. La tentative, c'est la souffrance, le suicide, c'est la décision d'y mettre fin. Et des tentatives, il y en avait. Des suicides aussi.

Elle n'avait jamais autant parlé. On l'écoutait avec attention. Ils étaient dans ce qu'ils appelaient la véranda de Marie-Desneige, cet espace à l'avant de la maison qu'ils avaient pensé entourer de moustiquaires, ce qu'ils n'avaient jamais fait, mais l'idée était restée et ils devisaient tranquillement en cette douce soirée de fin d'été, assis chacun sur une bûche, sans se préoccuper du grésillement des moustiques, comme s'ils étaient véritablement protégés par les moustiquaires de la véranda de Marie-Desneige.

L'air était chargé d'odeurs de terre et d'herbe qui a roussi tout l'été au soleil. Une brise légère s'était levée. La soirée était douce, ouatée, propice à la conversation.

La photographe était arrivée en fin d'après-midi avec un repas de restaurant pour chacun. Frites, salade, poulet rôti, et cette histoire d'amour qui, maintenant que Marie-Desneige avait déclaré Ted incapable d'aimer, allait dans tous les sens. On n'y comprenait rien, mais on acceptait le point de vue de Marie-Desneige. Elle avait accès à une part de Ted qui leur était restée interdite malgré toutes leurs années de compagnonnage. Ses toiles, semblait-il, contenaient plus que tout ce qu'il aurait pu leur dire, plus qu'il n'en savait lui-même sur ce qui l'animait, l'obsédait, le tourmentait.

Trop de morts, expliqua-t-elle, trop de cadavres, trop de noir qui s'enroule au fond des tableaux, jamais de lumière ou, s'il y en a, c'est pour éclairer les corps noircis, les cris d'horreur, les mains tendues, là où la mort les a surpris. Personne ne peut vivre avec ça au fond des yeux. Ted a essayé de s'en libérer, de jeter toute cette horreur sur la toile. Peut-être y a-t-il réussi d'une certaine manière. Son dernier tableau, celui sur son chevalet, celui-là était porteur de lumière, très peu, une mince lueur, mais suffisamment pour lui aménager un espace d'où il a pu s'éclipser en douceur. C'est ce que je lui souhaite, c'est ce que je nous souhaite à tous, partir en douceur.

Sur ce, leur vieille amie se sentant interpellée, se leva d'un endroit secret et alla à la rencontre de leurs pensées. La mort ne se tient jamais loin des personnes âgées.

Mourir à quatre-vingt-quatorze ans, ce n'était quand même pas si mal. Ted n'avait peut-être pas été le plus heureux des hommes, mais il avait tenu le coup et il était mort libre, avec dignité, même pas eu besoin de se faire aider, et à son heure. Charlie respectait cette façon de faire. Quitter sans obliger personne à des adieux, c'est une marque de respect pour ceux qu'on laisse derrière soi. Des adieux, ça ne fait de bien à personne. Et puis, il pensa à Marie-Desneige. Si elle ou lui-même devait mourir, et ça arrivera, il faudra bien que ça arrive un jour, ce jour-là, acceptera-t-il qu'ils se séparent sans un adieu ? Cette pensée lui embrouilla l'esprit.

Tom s'emmêla lui aussi dans ses pensées. On était à la fin d'août. L'automne allait bientôt venir et ensuite l'hiver et il se demandait s'il ne valait pas mieux en finir là, dans la tiède chaleur de cette fin d'été. Il se souvenait avec aigreur de l'hiver précédent, la grippe qui l'avait tenu au lit pendant des semaines, nourri aux bouillons par la photographe, aussi démuni qu'un nourrisson. La grippe l'avait laissé affaibli, des poumons qui ne prenaient pas l'air à l'unisson, et le sentiment que le corps ne voulait plus suivre.

La mort n'avait pas prise sur Steve, non plus que sur Bruno, mais ils la sentaient rôder autour de Tom et de Charlie.

— Si la petite vieille du High Park est vraiment une des jumelles Polson, comment tu vas faire pour ton exposition ? demanda Steve pour revivifier l'atmosphère.

— Je ne sais pas encore, répondit la photographe.

Ils étaient au courant de son projet. Elle leur en avait fait part avant de rendre visite à la dame du musée. L'idée avait fait confusément son chemin au fur et à mesure que se faisait le décodage des tableaux et qu'elle s'était rendu compte que plusieurs d'entre eux trouvaient écho dans des photos de son portfolio. C'est ainsi que d'un tableau à l'autre, d'un épisode à l'autre, elle en était venue à l'idée d'une exposition en duo, les toiles de Boychuck accompagnées des photos des survivants.

Elle pouvait même dans certains cas imaginer le texte sur le carton qui accompagnerait certains duos, par exemple celui des *Naufragés de la mare*, c'est ainsi qu'elle avait intitulé la toile qui représentait les trois hommes qui avaient trouvé refuge dans une mare d'eau avec une énorme silhouette d'orignal derrière eux et un oiseau perché sur l'épaule du plus jeune, Joseph Earle, celui qui lui avait raconté et qu'elle avait en photo. Le titre était provisoire. Elle avait pensé aussi à *Les Derniers Humains de la terre* pour exprimer le sentiment qui habitait les trois hommes de la mare ou, plus explicite, *Ils attendent la fin du monde*.

Le texte devait d'abord décrire la scène, car Ted en avait fait un maelström noir plongé dans une lumière diffuse d'où émergeaient des formes difficiles à identifier. La photographe n'avait encore rien décidé quant à la suite du texte, il allait dans trop de directions à la fois. La lumière, c'est ce qu'elle voulait d'abord expliquer, la lumière dorée d'après l'apocalypse, la main que Dieu tendait aux hommes de la mare et qu'ils hésitaient à prendre, ne sachant s'ils étaient encore vivants ou déjà dans l'autre monde, et le garçon au regard aveugle qu'ils avaient vu passer, elle ne savait pas si elle devait aussi en faire mention dans le texte.

Celui qui présenterait la photo de Joseph Earle était cependant très clair dans son esprit.

Joseph Earle, janvier 1995/Né à Mattawa en 1900/Arrivé à Ramore à l'âge de dix ans, il travaille sur la ferme familiale, occupe divers emplois avant de devenir jardinier pour la compagnie Ontario Northland Railways, poste qu'il occupera jusqu'à sa retraite. Il habite maintenant le quartier croate de Timmins, autrefois Schumacher./Il avait seize ans au moment du Grand Feu de Matheson./Dernier à droite sur le tableau, il est avec ses cousins, Donald et Patrick McField.

Joseph et ses cousins s'étaient fait surprendre par l'incendie alors qu'ils revenaient de l'alambic familial. Les trois jeunes hommes avaient passé la nuit à fabriquer un alcool qu'ils vendaient à un bootlegger de Matheson. Du moonshine, avait dit le vieux Joseph fier de son fait, l'air de dire, je n'ai pas trempé toute ma vie dans l'eau bénite. L'anecdote était amusante. La photographe aurait pu l'utiliser dans son texte de présentation si elle n'avait craint de s'engager dans des chemins de traverse qui l'auraient éloignée de son propos. Elle voulait des textes sobres. Sa réflexion n'était pas encore très avancée, mais elle savait que l'émotion qui se dégageait des tableaux se trouverait amplifiée par le témoignage de la photo et que rien ne devait s'interposer dans cette synergie entre le tableau et la photo. Donc pas trop de bavardage sur les cartons.

Mais l'anecdote va parfois à l'essentiel et elle savait qu'elle ne pouvait éviter l'histoire que racontait un duo qu'elle avait intitulé *Miracle d'une naissance*, provisoirement encore une fois, car le vieillard de la photo n'était pas né au moment où il était représenté sur le tableau mais encore dans le ventre de sa mère, lequel était enfoui sous deux pieds de terre. La scène en elle-même n'était pas très impressionnante. On ne voyait que du noir mêlé de longues traînées brunes sous un ciel écrasé d'épaisses coulées grises. Tout l'intérêt de la toile était dans un léger coup de pinceau qui dégageait un point lumineux dans un empâtement noir, le trou d'aération par lequel respirait la mère de l'enfant à naître. Il fallait que le texte explique, sinon on n'y comprendrait rien. Le couple poursuivi par les flammes, la Black River qui leur fait obstacle, ni l'un ni l'autre ne sait nager, une pelle abandonnée sur la rive, ils creusent un trou pour s'abriter, violent coup de vent, les flammes courent vers eux, l'homme n'a que le temps de couvrir sa femme de terre et de sauter dans la rivière en s'agrippant à une branche de saule.

La branche a cassé et je me suis retrouvé sans père, c'est le jeune Boychuck qui nous a sortis de là. Soixante-dix-neuf ans plus tard, l'enfant miraculé s'étonnait encore d'avoir eu une vie à vivre. Il s'appelait Thomas Verner, avait des grands yeux de biche et un sourire en permanence.

Thomas Verner, mai 1995/Né à Matheson en 1916/Il a passé toute sa vie sur une ferme, d'abord sur celle de son oncle à Charlton qui les a accueillis sa mère et lui après le Grand Feu de Matheson et puis à Belle Vallée où il a élevé ses cinq enfants. Il y vit toujours.

Il y vit toujours, la photographe se demandait s'il ne lui faudrait pas retourner à Belle Vallée pour s'en assurer. La photo avait été prise deux ans auparavant. Le vieil homme au sourire angélique se promenait avec une bouteille d'oxygène et respirait par une canule nasale qu'il tolérait mal. Il l'enlevait à tout moment et la remettait aussi vite, car ses poumons sifflaient d'impatience.

Thomas Verner était le plus jeune de sa collection de vieillards. Plusieurs risquaient d'avoir expiré leur dernier souffle bien avant que l'exposition n'ait lieu. Tu vas quand même pas faire le tour de tous tes vieux pour savoir s'ils respirent encore, lui avait objecté Charlie. T'as pas de vie à toi pour t'intéresser autant à celle des autres ?

Elle avait alors pensé à la vieille fille du musée qui collectionnait les amours impossibles comme elle les vieillards miraculés. Sa vie serait-elle aussi un désastre ?

Tom et Charlie n'étaient pas très emballés par son projet d'exposition.

Bruno et Steve étaient plus coopératifs. Ils l'avaient aidée au classement et à l'étiquetage des tableaux, à l'emballage de ceux qu'elle avait apportés au musée de Matheson ainsi qu'à l'empaquetage des toiles destinées à l'exposition, plus d'une centaine, regroupées en séries, bien identifiées et numérotées, qui attendaient dans la cabane de Ted d'être chargées dans le pick-up pour leur transport à Toronto.

Il y avait quelque chose qui traînait dans l'air de cette soirée de fin d'été. Quelque chose qui les atteignait sans qu'ils s'en aperçoivent. La douceur de cette fin de soirée demandait qu'on prête attention au temps écoulé, qu'on s'y attarde, qu'on le regarde attentivement avant de le laisser filer.

C'est ce qu'ils faisaient, chacun à leur façon, sans trop s'en rendre compte.

Une année s'était écoulée depuis que Marie-Desneige et la photographe avaient fait irruption dans leur vie. Un an et un mois, compta Charlie qui s'étonnait encore de ce qui lui était arrivé. Un vieil homme amoureux, voilà ce que je suis devenu, et il se sentit tout guilleret en pensant au petit rire de Marie-Desneige dans la fourrure. Combien de temps encore cela nous sera-t-il donné ?

Marie-Desneige était assise à ses côtés, elle l'était toujours, partout où ils allaient, à la pêche, en forêt, à cueillir des petits fruits, ils étaient toujours ensemble. Les heures, les jours, les mois, les semaines, elle les vivait en moments détachés, un par un, sans tenir compte du temps qui passe. Combien de jours, combien de mois encore ? La question ne se posait pas tant qu'il y avait cet homme qui de sa grosse main la gardait sur terre. Il était sa force, son poids, sa gravité, son attraction terrestre.

Tom regardait le couple qu'ils formaient, assis l'un à côté de l'autre, calmes et paisibles dans la nuit tombante.

Comment en étaient-ils arrivés là ? Les amours qu'il avait connues avaient été comme l'éclair, fulgurantes, brûlantes, il ne leur avait jamais laissé le temps de se rendre à cet état de plénitude, bousculé qu'il avait été par la vie. Comment ces deux-là y étaient-ils parvenus ? Il était curieux, pas envieux ni amer, il aurait pu l'être, il avait beaucoup perdu dans cette histoire, mais il n'était pas homme à ruminer des rancœurs. Il avait appris qu'il faut ramer autrement quand la vie tourne de bord et il s'était vite fait d'autres habitudes de vie maintenant qu'ils formaient une sorte de communauté avec ces deux femmes qui leur étaient arrivées. Pas envieux ni amer, mais curieux. Il voulait toucher du doigt ce qui lui avait toujours échappé.

L'heure était au bilan, à la réflexion, la soirée allait bientôt devenir nuit noire, l'air s'épaississait des réflexions de chacun, personne n'avait envie de se retirer de cette chaude intimité.

La photographe en était encore à essayer de répondre à la question de Steve. Qu'allait-elle faire si elle ne retrouvait pas Angie Polson ?

J'aurais dû la prendre en photo quand il en était encore temps, se reprocha-t-elle. Elle se rappelait l'éclat de lumière rose, son désir de capter cette lumière, et puis la conversation qui avait suivi, le feu de Matheson, les oiseaux qui tombaient comme des mouches, et puis il était déjà trop tard, la vieille dame était partie avec ses cent deux ans et son sourire malicieux.

Il lui fallait une photo d'Angie Polson pour accompagner la série *Jeunes filles aux longs cheveux*.

Elle avait espéré que la dame du musée aurait su lui dire comment la retrouver, mais la vieille fille ne l'avait pas revue depuis plus de vingt ans. La dernière fois, c'était en novembre 1972, aux funérailles de sa mère. Miss Sullivan s'en souvenait très bien, tout le monde à Matheson se souvenait des funérailles de la vieille madame Polson et de sa fille Angie qui était arrivée en Cadillac avec un homme élégant, plus jeune qu'elle, dont on n'a jamais su s'il était son mari, son fils ou son chauffeur parce qu'elle ne l'a présenté à personne et qu'il est resté en retrait pendant toute la cérémonie. Plus élégante et plus fantasque que jamais, Angie portait une robe de soie noire qui absorbait toute la lumière et l'attention des gens. Trop belle pour son âge, c'est ce qu'on a dit ensuite à Matheson. À soixante-dix ans, on ne se promène pas avec une robe qui valse sur vos jambes et un homme qui pourrait être un amoureux.

Miss Sullivan consigna le fait dans son cahier. Peu de temps après, lui parvint la rumeur que Ted Boychuck s'était retiré en forêt. Elle consigna la rumeur. Mais elle n'avait rien d'autre à offrir. Rien sur l'identité de l'homme aux funérailles, rien qui pût conduire la photographe à la porte d'Angie Polson et à lui demander de poser pour elle.

Elle en était là dans ses réflexions. La nuit était tombée, un velours noir qui bruissait de partout, et dans cette douceur feutrée, son projet lui apparaissait lourd et compliqué. Aller de galerie en galerie, leur expliquer le concept, les convaincre, et tout ce qui s'ensuivrait, la négociation d'un contrat, le vernissage, sans oublier Angie Polson qu'elle n'avait pas renoncé à trouver, tout cela lui paraissait bien loin de la personne qui prenait le frais en forêt en compagnie de ses amis ermites des bois.

Elle partait le lendemain avec son chargement de toiles. Bruno transporterait les toiles restantes dans son camion. C'est lui qui avait offert son aide. Steve ne lui aurait rien offert de tel. En trente ans de gérance d'hôtel fantôme, il n'avait quitté son domaine que pour les deux cents kilomètres aller-retour à la ville voisine.

Toutes les toiles de Ted se retrouveraient donc dans un entrepôt à Toronto. Il n'en resterait plus une seule à l'ermitage. Une décision prise sans difficulté, ils étaient tous d'accord, les tableaux seraient bien mieux dans un entrepôt, au sec et en sécurité, que dans la cabane de Ted.

C'est probablement l'idée de voir partir les tableaux le lendemain matin qui rendait la nuit si nostalgique, si sensible au temps qui passe. Les tableaux partis, il ne resterait rien de Ted, leur semblait-il, rien de l'été qu'ils avaient passé ensemble à essayer de comprendre ce que Ted avait voulu y mettre.

Un loup hurla dans la nuit. Ce qui eut pour effet de concentrer leur attention sur cet appel qui leur venait de très loin dans la colline. Le hurlement du loup ne laisse personne insensible. Même les cœurs les plus endurcis, ceux qui l'ont entendu nuit après nuit pendant des années, se sentent interpellés. La peur du loup est ancienne. Ce sont les puissances de la forêt qui s'éveillent dans la nuit et votre petitesse d'humain qui se recroqueville en un poing serré au fond de l'estomac.

Les chiens se mirent à hurler à leur tour.

— Ça durera pas longtemps, fit Tom, juste le temps que chacun reconnaisse le territoire de l'autre.

La réflexion cherchait à rassurer Marie-Desneige. Elle était terrorisée par les loups. Une année en forêt avait réussi à calmer bien des peurs, mais pas celle-là. Quand un loup hurlait et qu'ils étaient réunis autour d'un feu, ils en oubliaient la boule noueuse au fond de leur estomac et se tournaient vers Marie-Desneige.

Tom n'y voyait rien, la nuit était trop épaisse, mais il pouvait sentir les pointes acérées de la peur s'en prendre à Marie-Desneige. À côté d'elle, Charlie, pas un mot, pas un geste, mais une attention soutenue, tout son être était absorbé par Marie-Desneige et le combat qu'elle entreprenait contre la terreur panique.

Et dans la nuit noire, il arriva ceci qui n'échappa pas à l'attention de Tom. La main de Charlie quitta sa cuisse et alla se déposer sur celle de Marie-Desneige où se crispait une main fermée en un poing serré que Charlie déplia et ramena sur sa cuisse à lui. Un geste que Tom suivit dans le noir et qui le troubla profondément. Les deux mains entrelacées sur la cuisse de Charlie étaient l'image d'un bonheur qu'il n'avait jamais connu. Un couple, un vrai, réuni dans un moment qui n'appartenait qu'à eux et qui leur suffisait.

Les hurlements avaient cessé, les chiens étaient retournés dormir, la nuit respirait d'aise et Tom voulut savoir.

— Dis-moi, Marie-Desneige, est-ce que ton bonheur est complet ?

La question était extravagante, elle prit tout le monde par

surprise. La réponse que donna Marie-Desneige après un moment d'hésitation fut un étonnement plus grand.

— J'ai tout ce qu'il me faut, je n'avais jamais espéré autant, mais j'aimerais bien voir passer une automobile de temps en temps.

Et d'expliquer que son plus grand plaisir dans cette autre vie à laquelle elle ne voudrait jamais au grand jamais retourner était ce moment de la journée ou de la soirée, peu importe, où elle s'installait à la fenêtre et regardait passer les automobiles.

— Regarder passer les automobiles, c'est très plaisant, ça bouge tout le temps, ça n'arrête jamais, ça vide la tête et sans qu'on s'en aperçoive, on se retrouve ailleurs. C'est très plaisant.

Marie-Desneige derrière une fenêtre de l'asile ou sur un perron en banlieue de Toronto, et qui se laisse hypnotiser par le défilé des autos pour se retrouver ailleurs, c'était peut-être une image agréable pour tous ceux qui se trouvaient dans la véranda, mais pas pour Charlie qui venait de découvrir que le bonheur de Marie-Desneige n'était pas complet en forêt.

*Ils ont pagayé silencieusement, Tom à l'avant, Charlie à l'arrière, Marie-Desneige au centre et, derrière eux, les chiens qui suivaient à la nage.*

*Ils sont là depuis un jour et une nuit et ils attendent.*

*Ils attendent que ça se calme de l'autre côté de la baie.*

*Pas de panique, pas d'affolement, ils sont à l'abri, ils n'ont qu'à attendre.*

*La journée a commencé comme une autre. Un soleil timide, un geai venu les saluer, un lièvre passé en vitesse, l'automne se porte à merveille.*

*Ils ont déjeuné de corned-beef et de pêches au sirop. Pas de thé. Ils n'ont pas voulu allumer le poêle. La fumée aurait pu les faire repérer.*

*Ils sont devant le camp d'été à l'affût des bruits qui pourraient leur venir de l'ermitage.*

*C'est le calme plat, on n'entend que la douceur du vent dans les cèdres et le clapotis de l'eau.*

*— On dirait que c'est fini.*

*— Ouais, ils sont partis.*

— *Il faut célébrer ça.*

*Tom sort une bouteille de son sac. Du scotch. Une bouteille qu'il a avec lui depuis son arrivée à l'ermitage et qu'il a toujours refusé d'ouvrir de crainte que le goût de poursuivre ne le ramène à ses hôtels caverneux et à une travailleuse sociale.*

*Il lève la bouteille pour mirer le liquide ambré au soleil, mais la bouteille, trop crasseuse, ne laisse passer aucune lumière.*

— *Santé !*

*Il se verse un verre, en offre à Charlie et à Marie-Desneige qui refusent, et l'enfile d'un trait.*

— *J'avais pas oublié le goût.*

*Il se verse un autre verre qu'il garde dans sa main et l'agite pour voir le liquide tourner au creux de sa main. Son plaisir est immense. Il ferme les yeux pour mieux l'apprécier.*

— *C'est aussi bon que dans le temps. Il manque seulement le bruit des glaçons.*

*Marie-Desneige fouille à ses pieds et trouve trois cailloux ronds qu'elle dépose dans le verre de Tom.*

*Cette fois-ci, il déguste à petites lampées, faisant tinter les glaçons, attentif à son plaisir, il laisse le liquide ambré faire son œuvre.*

*Au troisième verre, il a atteint un état de lenteur qui le satisfait et lentement, très lentement, il se lève et, avec la pelle qui l'attend contre le mur du camp, il soulève une première pelletée de terre.*

## Les deux sépultures

La photographe avait écumé la rue Queen pendant trois semaines en quête d'un galeriste disposé à recevoir les toiles de Ted. Mais chacun avait sa spécialité, aucune ne cadrant avec la production de Ted, et elle revenait à l'ermitage avec le sentiment amer de l'échec.

Elle sut immédiatement qu'il s'était passé quelque chose. Pas de VTT devant l'hôtel, pas de Steve ni de Darling venus l'accueillir et, devant la porte principale laissée grande ouverte, des rainures profondes dans le sol, une armée de véhicules y avaient laissé leurs traces. Elle se précipita dans la grande salle et ce qu'elle y vit la convainquit de ce qu'elle savait déjà. L'endroit avait été visité par la police. Meubles renversés, éventrés, lames de parquet arrachées, ils n'avaient pas fait dans la dentelle, même la collection animalière du Libanais avait été descendue des murs.

Le scénario d'une descente policière avait été étudié maintes et maintes fois, la photographe en connaissait tous les détails. Steve pouvait reconnaître un membre de l'escouade des narcotiques au premier coup d'œil et dès qu'il en voyait un se pointer à l'hôtel, il envoyait Darling prévenir Charlie. Ce n'était encore jamais arrivé, mais on avait prévu le coup.

Elle se rendit donc au campement de Charlie, vide, comme elle s'y attendait. La maison de Marie-Desneige aussi. Au campement de Ted, sur la rive, elle soupira de soulagement, le canot n'y était plus, ils s'étaient réfugiés au camp d'été. Le scénario avait été suivi à la lettre.

Soulagée, mais perplexe, que lui fallait-il faire maintenant ?

Elle alla chez Tom puis à la plantation. Tout avait été arraché, il ne restait plus rien. Mille plants de belle marijuana mûrie à point disparus dans un fouillis indescriptible. Là non plus, on n'y était pas allé de main morte. Elle pensa à Steve, sûrement en prison maintenant, et Bruno, s'il avait eu la chance de ne pas se trouver sur les lieux au moment de la descente, ne reviendrait pas de sitôt. Les reverrait-elle jamais ? Elle se sentit flouée, abandonnée par des amitiés qui ne s'étaient même pas donné la peine d'échanger des adresses. Bruno qui ? Steve qui ? Elle ne connaissait pas leur nom en entier. Si ça se trouve, pensa-t-elle, il y a un Marc, un Daniel, mais pas de Bruno ni de Steve, je les aurai connus eux aussi sous de faux noms. La réalité avait des flous irrespirables, elle avait l'impression de marcher dans les fumerolles d'une catastrophe dont le sens lui échappait.

Elle se retrouva à nouveau devant le campement de Ted. Le lac était calme, aucun vent, aucune ride ne venait en troubler l'immobilité. Elle resta longtemps sur la rive à interroger la pointe de terre derrière laquelle se cachait la baie de ses amis.

Il lui fallait traverser le lac, c'était évident, mais impossible sans canot.

Alors, elle s'activa. Elle alla chez l'un et chez l'autre, trouva des outils, des madriers, des bouts de planche, du contreplaqué et se mit en frais de construire un radeau. Pas très grand, pas très gros, juste assez pour soutenir son poids pendant la traversée.

Elle se demandait dans quel état elle les trouverait, Marie-Desneige surtout, si fragile, si démunie, le camp d'été n'avait pas le confort de sa petite maison. Avait-elle emporté ce qu'il fallait ? Les nuits commençaient à être froides. Avait-elle eu le temps d'emporter des vêtements chauds dans la précipitation de la fuite ?

Elle abandonna son ouvrage et se rendit à la maison de Marie-Desneige. Le désordre ne l'impressionna pas, elle avait vu à ce chapitre tout ce qu'elle avait eu à voir, ce qui l'intéressait, c'étaient les vêtements jetés en tas sur le plancher. Elle connaissait l'entièreté de la garde-robe de Marie-Desneige, elle chercha ce qui y manquait.

Il manquait son pantalon noir, son coton ouaté orange et sa chemise à carreaux, ce que tout probablement elle portait à ce moment-là et qui rassura la photographe, car la chemise à carreaux était chaude à souhait. Mais ce qui l'étonna beaucoup, car on ne s'attend pas à ce qu'une vieille femme à qui on vient d'annoncer qu'il faut fuir en vitesse pense à prendre avec elle un vêtement aussi futile, il manquait aussi sa robe de nuit. Et puis, à bien y penser, ce geste ne l'étonna pas, la robe de nuit était ce qu'il y avait de plus féminin et de plus précieux dans la garde-robe de Marie-Desneige.

Il manquait autre chose qui ne retint pas son attention immédiatement. Elle fouillait dans le désordre de la maison à la recherche de la parka d'hiver de Marie-Desneige quand elle sentit un frôlement contre sa jambe. Monseigneur, pensa-t-elle. Ça n'était qu'un linge de cuisine tombé mollement à ses pieds, mais la sensation du tissu contre sa jambe lui rappela le chat de Marie-Desneige qu'elle n'avait ni vu ni entendu depuis son arrivée à l'ermitage.

Elle trouva la parka sous le lit mais pas le chat, se rendit chez Charlie, toujours pas de chat, et c'est en refermant la porte de la cabane de Charlie que surgit une image, très claire, très impérative, qui l'obligea à revenir sur ses pas. L'image était enregistrée dans son cerveau et montrait ce que, dans sa hâte ou dans les profondeurs de son inconscient, elle n'avait pas su ou voulu voir. Elle retourna dans la cabane, sachant déjà ce qui l'attendait, et s'obligea à regarder. Il n'y avait plus de boîte en fer-blanc sur l'étagère au-dessus du lit.

Le cerveau a ses propres façons de se protéger contre la surcharge émotive et celui de la photographe s'enraya d'un coup, il refusa toute activité. La photographe se tenait devant l'étagère, sans mouvement, les yeux fixes, occupée à ne rien penser. Devant elle, deux images cherchaient à se rejoindre. Celle que son cerveau avait enregistrée à son insu et celle que ses yeux lui donnaient maintenant à voir. Les deux images étaient identiques, mais pas encore complètement focalisées, et quand elles le furent, quand les deux images furent parfaitement superposées, l'une se fondant dans l'autre, elle découvrit à côté de l'absence de la boîte en fer-blanc celle d'une autre boîte, la boîte en carton dans laquelle Charlie gardait ses papiers, les vrais et les faux.

Ce n'est que plus tard, pagayant sur le lac, que lui vinrent les questions, les réponses et l'appréhension de ce qui l'attendait.

Car elle retourna à son ouvrage. Sciant, assemblant, clouant. Il fallut encore une heure avant que le radeau ne fût assemblé de façon satisfaisante quand quelque chose en elle s'avisa d'aller vérifier si dans la cabane de Tom la boîte en fer-blanc y était.

Elle n'y était pas.

Il lui fallait vérifier encore autre chose, chez Ted cette fois-ci, et dans ce qui restait de la fouille policière, elle trouva la boîte parmi les pots de peinture, intacte, même pas ouverte, ce qui eut pour effet, lorsqu'un début d'activité cérébrale lui revint sur le lac, de confirmer l'hypothèse la plus redoutable. Tom et Charlie avaient emporté avec eux leurs boîtes de strychnine puisque celle de Ted n'avait pas intéressé les policiers. Elle pagayait avec rage. Pourrait-elle jamais leur pardonner ?

La traversée se fit rageusement, désespérément, elle était déchaînée, ce qui n'aidait pas à son avancée. Il eût fallu plus de calcul, plus de rationalité dans la rame, car un radeau n'a pas la maniabilité d'un canot, il va dans tous les sens si on n'est pas attentif à la direction qu'il prend à chaque coup de rame, et outre le fait que la photographe ne disposait que d'une planche grossière, ses pensées l'absorbaient trop pour qu'elle pût manœuvrer une embarcation aussi capricieuse. La pointe de terre vers laquelle elle se dirigeait restait à distance malgré toute l'énergie qu'elle y mettait.

Elle était survoltée, emportée par un élan qui ne décolérait pas, elle leur en voulait d'avoir entraîné Marie-Desneige avec eux. Ils n'avaient pas eu le choix, elle en convenait, il lui restait assez d'entendement pour admettre qu'ils ne pouvaient pas laisser Marie-Desneige seule à l'ermitage, mais elle, Marie-Desneige, avait-elle le choix s'ils décidaient de s'éclater le cerveau à la strychnine ?

L'admiration qu'elle avait eue pour leur belle et orgueilleuse morgue de bêtes des bois, leur façon de défier la mort, cette belle et fière attitude de grand seigneur qui décide ce qui est désirable entre la vie et la mort, tout cela qu'elle avait admiré, envié et même souhaité pour elle-même, tout cela lui apparaissait terni par l'image de Marie-Desneige se mourant en d'horribles convulsions.

Ils n'ont pas le droit, cria-t-elle à l'immensité du lac. Son cri lui revint en écho. Elle était à mi-distance, la pointe de terre l'attendait auréolée d'un soleil rose qui s'empourprait à la ligne d'horizon et, derrière ce paysage de carte postale, la baie de ses amis.

Ils n'ont pas le droit, dit-elle pour elle-même cette fois-ci. Sa voix intérieure rejoignit celle de Marie-Desneige, toute proche, toute frémissante, qui lui avait dit, J'ai toujours su que j'aurais une vie.

La photographe pagaya avec encore plus d'ardeur. Elle était agenouillée sur la parka de Marie-Desneige au centre du radeau. Elle avait emporté la parka en pensant aux nuits froides, là-bas, dans le camp d'été. Elle aurait aussi emporté

Monseigneur, pour la douceur des soirées, mais elle n'avait pas trouvé le chat de Marie-Desneige et elle pagayait, pagayait, pagayait. Là-bas, derrière la pointe de terre, il y avait une toute petite personne qui venait de naître à la vie, elle avait très peu d'années devant elle et elle était menacée par une boîte en fer-blanc.

Son dos lui faisait mal. La douleur allait des épaules aux omoplates et dans le dos, au creux de la colonne, c'était intolérable, une brûlure cuisante qui se répandait jusqu'aux fesses sans qu'elle songeât à changer de position ou à réduire le rythme.

La nuit installait ses pourpres et ses ors un peu partout dans le ciel quand une femme absolument inconsciente de son état d'épuisement accosta sur les rives de la baie.

Elle arriva épuisée, vidée, les muscles souffrant encore de l'effort fourni, les jambes ankylosées sous son poids et le cœur battant comme une jeune fille à son premier rendez-vous. Et s'ils l'attendaient dans le camp d'été, s'ils jouaient tout simplement aux cartes et s'amusaient entre eux d'avoir échappé encore une fois aux lois du monde ? On ne peut pas empêcher un cœur d'espérer et c'est avec ce fol espoir qu'elle s'engagea dans le sentier qui menait au camp, non sans avoir remarqué au passage l'absence du canot. Ils l'auront caché ailleurs le long de la rive, pensa-t-elle sans s'inquiéter.

Le camp était vide. Plus vide qu'il ne l'avait jamais été. Les réserves de nourriture étaient à sec. À part une boîte de pêches au jus, plus une seule conserve sur l'étagère de cuisine. Le camp avait été habité. Assez longtemps, jugea l'œil circulaire de la photographe, pour épuiser les réserves de nourriture et faire disparaître des objets de première nécessité comme des bougies, des casseroles et, en y regardant mieux, des fourrures, une hache qu'on gardait à l'intérieur pour faire du bois d'allumage et, assez étonnamment, un jeu de cartes. Mais pas de dégât, pas de vitre cassée ni de porte arrachée, tout était parfaitement en ordre, aucun ours n'était passé, il s'agissait bel et bien d'une occupation humaine. Marie-Desneige, Tom et Charlie y avaient séjourné et n'avaient laissé aucune trace de leur passage, à part ce vide qu'elle seule pouvait reconnaître et interroger dans la plus folle inquiétude.

Elle sortit et se mit à la recherche de ce qui l'attendait et qu'elle espérait ne pas trouver. La lumière du jour légèrement chargée de gris crépusculaire dégageait avec moins de profondeur mais plus de relief les arbres de leur feuillage, les touffes d'herbes et le moindre affleurement rocheux dans le sol. La photographe y voyait très bien. Les lignes d'ombre donnaient plus de présence aux choses, la nature se déployait avec plus de consistance, tout était mieux défini dans la lumière dormante de cette fin de journée.

Les sépultures l'attendaient derrière le camp. Deux rectangles de terre au pied d'un gros mélèze, très peu d'espace entre eux, et naturellement, pas de croix, aucune inscription, rien qui indiquait qu'il s'agissait d'inhumations. Deux sépultures l'une à côté de l'autre, ça ne pouvait être que Marie-Desneige et Charlie. Tom avait enterré leurs corps pour les mettre à l'abri des bêtes, comme il l'avait fait pour Ted, et le printemps prochain, il n'y paraîtrait rien, la végétation s'emparerait des rectangles de terre. On meurt en forêt comme on y a vécu. Discrètement, prudemment, sans chercher à faire plus de bruit que la feuille dans son arbre. La photographe aurait pu philosopher, la mort prête habituellement à ce genre d'exercice, comme elle aurait pu se demander où était Tom, mais l'épuisement, la colère et la douleur entremêlés firent qu'elle s'écroula entre les deux monticules de terre et demeura ainsi un long moment.

Elle ne s'était pas évanouie, une femme de son gabarit ne perd pas ses sens aussi facilement. Ses jambes avaient tout d'un coup refusé de la porter et elle s'était retrouvée nez contre terre entre les deux sépultures et, étrangement, elle se sentit réconfortée d'être aussi près de son amie. Ci-gît une petite vieille dame, disait le monticule de terre, ci-gisent ses espoirs et ses rêves, sa vie tient en une seule année, le reste n'a pas d'importance, elle ne l'a pas emporté avec elle, et à ses côtés, voyez son compagnon, il a été son amoureux, il l'a aimée comme on aime un oiseau, un oiseau rare venu de très loin se nicher au creux de sa main.

Charlie continue à veiller sur Marie-Desneige, pensa la photographe.

La colère s'était dissipée, il n'y avait place pour rien d'autre que le réconfort de les savoir ensemble. Elle refusa d'aller se meurtrir sur les moments qui avaient accompagné leur décision, les paroles qu'ils avaient eues l'un pour l'autre, le dernier regard avant la pincée de strychnine. Ce qui s'était ensuivi, leur mort, leur mise en terre, elle le refusait de toutes les forces de son esprit. Elle ne voulait penser qu'à leur dernier compagnonnage, leurs deux corps qui reposaient l'un à côté de l'autre sous cette couche de terre qui les protégeait et la lumière crépusculaire qui baignait leurs sépultures.

Il lui fallut cependant penser à Tom. Où était-il allé mourir ? Un mort ne s'inhume pas lui-même. Il lui avait fallu trouver un endroit pour mettre son corps à l'abri des animaux.

Le lac, se dit-elle en se rappelant l'absence du canot, il n'y a que dans le lac qu'il pouvait mourir proprement.

Cette pensée la souleva et l'obligea à aller vérifier si le canot ne se trouvait pas ailleurs sur la rive.

La lumière était chargée d'un gris de nuit qui s'épaississait au contour des arbres et ne laissait voir que des masses, de furtifs mouvements de silhouette, des ombres parmi les ombres. Un lièvre la frôla dans sa course.

Elle marcha le long de la rive jusqu'à un gros moellon de granit et revint sur ses pas, scrutant les eaux noires du lac au cas où elle apercevrait un canot à la dérive.

Elle était triste, plus triste de penser à Tom qu'à Marie-Desneige et Charlie. Ils avaient eu l'avantage de mourir ensemble, alors que Tom avait été seul tout au long. Y avait-il eu quelqu'un dont la pensée l'avait accompagné à ses derniers moments ? La vie de Tom, malgré tout ce qu'il en avait raconté, demeurait un mystère.

Elle resta devant le lac pour lui tenir compagnie jusqu'à ce que la nuit tombât tout à fait et qu'elle n'y vît plus rien. Elle retourna au camp à l'aveugle, marchant à tâtons dans l'obscurité et la lourdeur de ses pensées.

La nuit était fraîche. Elle frissonnait de tous ses membres.

Elle s'étendit sur un lit, couverte de la parka de Marie-Desneige, espérant trouver chaleur et réconfort dans ce qu'il lui restait de son amie. Mais le sommeil ne venait que par vagues. Trop d'images se bousculaient, trop d'émotions. Elle rêva à demi éveillée de chiens qui s'entre-dévoraient et de loups qui hurlaient à la lune. J'ai oublié les chiens, pensa-t-elle mollement, où ont-ils enterré les chiens, et elle plongea dans une vague qui l'emporta tout à fait.

*Ils sont devant les fosses.*

*Tom est légèrement ivre. Il s'est maintenu dans un état d'équilibre, un pied ferme et l'autre prêt à s'envoler, une griserie dont il s'est consciencieusement délecté pendant tout le temps qu'il leur a fallu pour creuser les fosses et maintenant il n'a qu'une envie, un verre, un autre verre, je veux mourir soûl.*

*C'est sa dernière volonté.*

*Charlie accepte, comprend, son vieil ami veut retrouver ses terres, il veut mourir là où il a vécu. Marie-Desneige ne comprend pas, mais elle sait qu'il faut respecter la volonté d'un homme qui va mourir.*

*Et pendant que Tom s'enfonce de plus en plus profondément dans ses terres intimes, Marie-Desneige et Charlie préparent ce qui sera sa dernière demeure. Ils tapissent le fond de la fosse d'une épaisse peau d'ours. Elle lui fera une couche confortable, pense Marie-Desneige. Ça lui fera aucune différence, pense Charlie, il aura pas le temps de rien sentir.*

*Tom est assis, les jambes pendantes au-dessus de la fosse, son chien à côté de lui. Un œil sur la peau d'ours et l'autre qui gambade. Il attend le moment où il verra sa vie défiler devant lui. Qu'est-ce qu'il verra en premier? Une femme? Quelle femme acceptera de mourir avec lui? Dans tous ses rêves où il se voyait mort, il y avait une femme étendue contre lui, blanche et florale, qui lentement disparaissait dans son flanc.*

*Il presse son chien contre lui et se laisse glisser dans la fosse.*

*Il n'est pas soûl. Enfin, pas comme il espérait. Il a pleinement conscience de ce qui se passe. Il voit Charlie et Marie-Desneige dans un halo lumineux au-dessus de lui. Ils sont très grands, immenses et vivants. Ils sont immenses et ils ont promis de rester avec lui jusqu'à la fin.*

*— C'est ici que je vais passer l'hiver, mon Charlie. C'est pas bien grand, mais ça va faire l'affaire.*

*Il est debout dans la fosse, un verre à la main, sa bouteille de l'autre, vide. Ils savent tous les trois ce que signifie la bouteille vide. Drink, étendu sur la peau d'ours, est le seul à ne pas savoir.*

*Il enfile son dernier verre et va s'étendre auprès de son chien.*

*Charlie suit chaque geste de son ami. Il est inquiet. Il voudrait que ça se passe bien, que la strychnine fasse son travail proprement, qu'il n'y ait pas de sang, pas de vomissures.*

*— Tom, lui dit-il d'une voix trop lente, trop appuyée, une voix qui n'est pas la sienne, Tom, oublie pas, seulement une pincée, le double pour Drink, sinon...*

*— Sinon, ça sera pas beau à voir, hein? T'inquiète pas, j'ai toujours su y faire, surtout quand il y a des dames.*

*Sur ce, il sort la boîte cylindrique de sa poche et s'approche de son chien. D'un geste presque tendre, il lui ouvre la gueule et y laisse tomber une petite pluie blanche. Avant de s'administrer la dose mortelle, il a envie d'une dernière salutation, d'une dernière pirouette.*

*— Allez, longue vie à vous deux et mes salutations au monde.*

*Et il avale sa pincée.*

*L'effet n'est pas long à venir. Des mouvements saccadés, des convulsions, les bras et les jambes se raidissent, s'emmêlent aux pattes du chien qui le griffent, le frappent, le lacèrent, la mêlée des corps est horrible à voir. Charlie l'avait prévenu, vous allez vous entre-déchirer, mais Tom avait été intraitable, je veux être avec Drink, et Charlie avait laissé faire, on ne peut pas aller contre la volonté de Tom. Mais en ce moment, il voudrait descendre dans la fosse, retirer Drink, permettre à son ami de mourir en paix. Il est déjà trop tard. L'écume commence à faire son apparition, c'est la fin qui approche et Charlie tient Marie-Desneige serrée contre lui, Marie-Desneige qui n'a pas dit un mot, qui regarde hypnotisée la mort faire son œuvre.*

*Les gestes ensuite sont lourds et lents. Ils enterrent les corps, Charlie à la pelle, Marie-Desneige par petites poignées qu'elle laisse couler dans la fosse. Ils savent que viendra ensuite le tour de Darling, la chienne de Steve, et de Kino, le chien de Ted. C'est ainsi qu'ils ont décidé la veille. Tom dans une fosse avec Drink et les deux autres chiens dans l'autre fosse. Tout a été dit la veille. Les adieux, les paroles qui scellent une vie, la dernière poignée de main, tout cela a été fait la veille dans le camp d'été. Je veux pas d'un autre hiver, avait dit Tom, j'ai assez vécu, c'est ici que ça s'arrête pour moi.*

*La mort et l'enterrement des chiens se font comme prévu. Ils procèdent maintenant à la deuxième étape de ce qui les attend et qui est très incertain.*

*Ils vont dans le camp et ramassent le nécessaire. Des casseroles, des fourrures, une hache, une canne à pêche, des boîtes de conserve. C'est Marie-Desneige qui pense à laisser une boîte de pêches sur l'étagère. Pour Ange-Aimée, dit-elle.*

*— On lui laisse un message ?*

*— Vaut mieux pas, dit Charlie.*

*Ils entassent leurs effets dans le canot. Marie-Desneige prend place à l'avant, son chat blotti contre elle. Chummy s'est trouvé un endroit où s'étendre parmi l'encombrement au centre de l'embarcation. Charlie est à l'arrière. Le canot est très chargé, mais il réussit de quelques poussées de rame à dégager la quille de l'emprise du fond sablonneux et ils s'en vont.*

*Sur la rive, une présence lointaine les regarde partir. La mort se dit qu'elle a tout son temps. Ces deux-là peuvent espérer ce qu'ils veulent.*

# Il pleuvait des oiseaux

Envers et malgré tout, elle réussit à trouver un lieu d'exposition. Alors qu'elle croyait avoir épuisé tous ses espoirs auprès de la dernière galerie qu'elle avait en liste, une jeune femme témoin du refus du galeriste lui offrit un lieu qui n'était pas une galerie ni même un centre d'artistes, rien du tout pour le moment, dit la jeune femme, mais un formidable coup d'essai.

La jeune femme était elle-même artiste, souffleuse de verre, s'appelait Clara Wilson et l'endroit ressemblait à tout sauf à une galerie d'art. Il avait servi de tonnellerie à ce qui avait été la plus grande distillerie de l'empire britannique. L'endroit était lourd de l'architecture industrielle d'un autre siècle mais plein de possibilités, expliqua Clara en lui désignant les tringles qu'on installerait au plafond, les poutres d'acier qu'on dégagerait et les fenêtres profondément encastrées dans les murs de briques, absolument intouchables, assura-t-elle, pour leur beauté victorienne. Les travaux s'en tiendraient à l'essentiel. Clara faisait partie d'un groupe d'activistes culturels et ils disposaient de peu. Mais tout serait prêt au printemps, mai au plus tard, ce qui convenait à la photographe qui avait beaucoup à faire entre-temps.

Elle n'était pas retournée à l'ermitage. Ce qu'elle avait vu lui avait suffi. N'empêche qu'il lui arrivait parfois de vouloir éliminer le souvenir des sépultures et d'imaginer ses amis quelque part, très loin en forêt, dans une nouvelle cabane où ils se seraient fait une autre vie. Une image venait aussitôt balayer tout espoir de les croire vivants. L'image de l'étagère de Charlie où trônait l'absence de la boîte en fer-blanc. Et plus impitoyable que l'absence de la boîte de strychnine, celle de la boîte en carton.

Cette boîte était précieuse. Elle contenait les pièces d'identité de Charlie, les vraies et les fausses, et de l'argent, beaucoup d'argent. Charlie lui en avait révélé le contenu tout juste avant son départ pour Toronto. Pour Marie-Desneige, lui avait-il dit, si un jour elle ne trouve plus son bonheur en forêt. La photographe avait été impressionnée par la quantité de billets qui s'y trouvaient. De gros élastiques entouraient des coupures de cent dollars, plusieurs rouleaux, des milliers de dollars au jugé de la photographe. Elle n'avait pu empêcher un sifflement de surprise. Mes chèques du gouvernement, avait expliqué Charlie, j'ai jamais réussi à tout dépenser.

Pour Marie-Desneige, avait-il encore insisté.

Et elle avait promis. Elle lui trouverait un endroit, elle s'occuperait d'elle, si un jour Marie-Desneige ne voulait plus vivre à l'ermitage.

L'immense soulagement dans les yeux de Charlie lui avait fait comprendre qu'il était disposé à tous les renoncements pour le bonheur de Marie-Desneige. Les attentions qu'ils avaient l'un pour l'autre, cette tendresse dans le regard, tout cela qu'elle avait pris pour une gentille amitié amoureuse, une dernière coquetterie du cœur, était un sentiment beaucoup plus profond. Ces deux-là s'aimaient comme on s'aime à vingt ans. L'absence des deux boîtes sur l'étagère de Charlie ne pouvait signifier qu'une chose. Ils avaient décidé de disparaître ensemble, de façon absolue et définitive, sans laisser de traces.

Elle avait fini par accepter l'inacceptable. Peut-on s'opposer à la volonté de l'amour ? L'absence des deux boîtes devint au fil des mois une image éminemment romantique. Charlie et Marie-Desneige marchant main dans la main, Roméo et Juliette qui s'en vont à la rencontre de leur destin.

Steve et Bruno, cependant, étaient vivants. Steve était en prison à Monteith, sans possibilité de caution, le juge ayant estimé qu'il y avait trop d'évidences que cet homme-là retournerait dans les bois à la première occasion. Quant à Bruno, aucune nouvelle, il n'était pas sur les lieux au moment de la descente de police et ne s'était pas montré dans les environs depuis. Elle avait aussi intérêt à ne pas traîner dans le coin, on cherchait des complices.

C'est ce que lui avait fait comprendre Jerry, l'hôtelier qui servait de boîte aux lettres pour les chèques du gouvernement que Steve allait encaisser chaque fin de mois.

— Et les autres ? avait-elle demandé sans les nommer.

— Les autres ? avait-il fait en levant un sourcil.

Il était clair qu'il n'avait jamais cru à l'existence de Tom et Charlie, encore moins à une vieille femme recluse au fond des bois. Il ne croyait qu'aux petits trafics, à ce qu'on peut tirer à gauche et à droite des manigances des uns et des autres.

Elle n'était pas retournée à l'hôtel du petit homme ventru.

Les mois qui suivirent furent occupés à préparer l'exposition. C'est tout ce qu'il lui restait de l'année passée avec ses vieux amis des bois. Trois cent soixante-sept tableaux, la douleur hallucinée de Ted et le regard de Marie-Desneige qui enluminait chaque tache de couleur. Les tableaux destinés à l'exposition encombraient son appartement. Les autres étaient dans un entrepôt du nord de la ville.

Il lui arrivait de se réveiller la nuit, alertée par un cauchemar dont elle ne parvenait à tirer aucune image, et de faire le tour des pièces de l'appartement uniquement pour retrouver dans les tableaux un éclat de couleur qui la ramènerait au fin fond des bois avec ses amis.

Le travail lui fut salutaire. Outre l'exposition, il y eut divers travaux de commande qui l'occupèrent presque à l'épuisement. Elle avait beaucoup à penser, à faire, à décider. Heureusement, il y avait Clara. La jeune femme était une bouffée de printemps, ses amis tout aussi solaires, elle se laissa porter par cette énergie. Ils étaient emballés par l'idée de présenter l'œuvre d'un peintre inconnu, un original, un être indépendant qui n'avait eu aucun maître, un talent brut, une force d'inspiration, une grande maestria de composition, les éloges ne tarissaient pas. Ils admiraient aussi ses photos. Elle se félicita de sa Wista à soufflet qui lui avait permis cette lumière texturée et cette profondeur de regard.

Le projet démarra sur des chapeaux de roues. Elle en était parfois étourdie. Ils voulaient frapper un grand coup avec cette exposition. On ne fabriquait plus de whisky depuis des années dans la vieille distillerie, mais l'immensité des lieux, les vieilles pierres et les rues dallées à l'ancienne alimentaient toutes sortes de rumeurs, la plus sérieuse étant qu'on en fît un lieu de bohème chic, restaurants, théâtres, galeries, boutiques, un peu à l'image de Yorkville mais en plus européen. Clara et ses amis voulaient être aux premiers rangs quand les arts, les promeneurs et la fine cuisine s'empareraient de l'endroit.

Pour le moment, l'ancienne distillerie servait de lieu de tournage. Une équipe hollywoodienne qui y tournait une bouffonnerie d'époque s'était laissé séduire par les jeunes gens et leur avait laissé une partie de la tonnellerie.

La photographe avait carte blanche. Le concept de l'exposition leur plaisait. Tableaux et photos qui s'interpellent et surtout cette histoire tout à fait inédite, le Grand Feu de Matheson, un garçon à moitié aveugle errant dans les décombres à la recherche non pas d'une amoureuse mais de deux, absolument identiques, qui allaient le tenir toute sa vie dans les fils emmêlés d'un amour impossible. Amour, errance, douleur, forêt profonde et rédemption dans l'art, des thèmes chers au cœur de jeunes artistes qui aiment que la vie racle les bas-fonds avant d'atteindre la lumière.

Au centre de leur intérêt, la série *Jeunes filles aux longs cheveux* dont on avait décidé qu'on ne garderait que cinq pièces. L'arrivée au loin du radeau sur la rivière, traînée d'or dans les eaux noires. Le radeau, vu de plus près, et deux jeunes filles aux cheveux d'or pagayant de leurs mains. Vues de plus près encore, les jeunes filles reconnaissent quelqu'un sur la rive, lui font des signes, le supplient. Le drame de la scène suivante quand le radeau chavire dans un remous d'eau noire. Et close-up en finale sur des visages d'une étrange beauté.

La série aurait dû être accompagnée de la photo d'Angie Polson, seule survivante de cette tragédie romantique. Mais le geste manqué de la photographe, ce clic qu'elle avait omis de faire au High Park quand elle avait eu la vieille dame devant elle privait la série de la seule photo possible d'Angie Polson.

En lieu et place, il y aurait le portrait que Ted Boychuck avait fait d'elle. Sur ce portrait, Angie Polson était plus jeune que la petite vieille du High Park, vingt ou trente ans plus jeune, mais le même éclat de lumière rose pétillait au coin de ses yeux.

Sous le portrait, un carton explicatif.

Angie Polson, entre 1965 et 1975/Née à Matheson en 1902/Avec sa sœur jumelle Margie, elle a survécu au Grand Feu en s'enfuyant sur la Black River sur un radeau de fortune. En 1920, elle quitte Matheson pour Toronto. On ignore tout de ce que fut ensuite sa vie. On l'a revue une dernière fois à Matheson en 1972 et au High Park de Toronto au printemps 1994. Sa sœur jumelle est décédée d'un cancer en 1969.

Clara n'était pas d'accord. Trop froid, trop officiel, le

texte refusait l'émotion, il occultait la beauté, l'amour, la passion, et puis, On ignore tout de ce que fut ensuite sa vie, c'était faux, archi-faux. On sait que sa vie fut une suite de rendez-vous amoureux plus ou moins ratés qu'elle partageait avec sa sœur. On sait que cet amour était sans espoir puisqu'elles aimaient un homme qui ne pouvait pas aimer. On sait que cet homme est mort en laissant derrière lui une œuvre qui rend hommage à leur beauté. Alors, pourquoi escamoter, éluder, esquiver ?

La photographe reprit son texte et rédigea ceci :

Angie Polson, entre 1965 et 1975/Née à Matheson en 1902/Avec sa sœur jumelle Margie, elle a survécu au Grand Feu en s'enfuyant sur la Black River sur un radeau de fortune. Le jeune Boychuck erre pendant des jours à leur recherche et, ne les trouvant pas, quitte Matheson. Il revient en 1922 alors que Margie est mariée et qu'Angie l'attend à Toronto. La suite est une longue succession de rendez-vous plus ou moins ratés. Toute leur vie durant, ils seront liés par un amour impossible. Margie est morte en 1969, Ted Boychuck en 1996, seule Angie vit encore. Elle a été vue au printemps 1994 au High Park de Toronto.

Elle était plutôt satisfaite de la finale qui laissait planer un mystère. Elle aurait voulu ajouter : Elle nourrissait les oiseaux, mais elle était limitée par le nombre de lignes que permettait le carton. De toute façon, s'était-elle dit, la question est là, en filigrane, Et vous, l'avez-vous vue, au High Park ou ailleurs ?

Elle voulait retrouver la petite vieille aux oiseaux. Son intention lui était restée cachée jusqu'à ce que le mot oiseau lui revînt en tête, prêt à être couché sur le carton trop petit. Elle sut dès lors que cette exposition n'avait d'autre but que de dénicher la petite vieille où qu'elle se trouvât.

Il pleuvait des oiseaux, avait dit la petite vieille.

— Il pleuvait des oiseaux ? demanda Clara.

La photographe venait de trouver un titre pour l'exposition.

Un titre qui, s'il tombait sous les yeux de la personne concernée, ne pouvait faire autrement que la lui ramener.

À la première belle journée d'avril, la photographe se rendit au High Park, un pas dans le printemps et l'autre elle ne savait où. Elle rêvait de sapinages, de grands lacs, d'air pur qui vous gonfle la poitrine et d'une petite vieille qui vous attend sur un banc.

Angie Polson n'y était pas. Il ne suffit pas de désirer pour inspirer la réalité. En lieu et place, il y avait un homme. Bien calé dans le banc, les jambes étendues devant lui, les mains dans les poches de son pardessus, l'homme était perdu dans ses pensées. Petite cinquantaine, jugea la photographe. Belle carrure, pensa-t-elle encore. L'homme en effet était imposant. Bien qu'assis au bout du banc, il donnait l'impression de l'occuper entièrement. Et ses cheveux, qu'il avait d'un beau gris ombré, lui faisaient une mousse duveteuse tout autour de la tête. Elle eut une pensée pour Marie-Desneige.

Une nuée basse de pigeons vint se poser aux pieds de l'homme. Sa pensée dériva vers Angie Polson et son carré de coton.

L'homme, s'avisant alors de la présence de la photographe, lui fit un sourire embarrassé, pardonnez-moi, s'excusait le sourire, j'ai pris votre place, et d'un geste de la main, il l'invita à s'asseoir auprès de lui.

Il désirait être loin, très loin, ne plus être exposé à rien, se perdre au bout du monde, ne plus avoir à expliquer quoi que ce soit. Il était fatigué de tout. Du travail, des responsabilités, de tout ce qu'on attendait de lui. C'est ce qu'il expliqua d'une voix lasse à la photographe pendant qu'elle nourrissait les pigeons avec le bout de pain qu'elle avait apporté. Je voudrais disparaître, disait-il encore, devenir invisible, je voudrais n'exister pour personne.

— Je connais un endroit, mais vous êtes trop jeune.

La photographe écoutait la voix lasse, mais son attention était ailleurs. Il y avait dans cette belle carrure d'homme un espace où elle se voyait, un endroit chaud et confortable, une touffeur d'homme où elle se voyait accueillie et deux bras qui se refermaient sur elle.

Il s'appelait Richard Bernatchez. C'est ce qu'il lui dit. Richard Cœur de Lion, pensa-t-elle sans savoir pourquoi. Il a le cœur du vaillant roi.

Et quand, à son tour, il lui demanda son nom, elle le lui déclina en entier, pensant à ses amis des bois qu'elle avait connus sous de faux noms et qu'elle ne reverrait plus.

— C'est un beau nom, lui dit Richard Cœur de Lion.

*Une petite maison sous les arbres à la sortie d'un village. De la route, on peut voir la façade en bardeaux de cèdre et le pignon en saillie qui donne de l'ombre à la galerie. Les rideaux ont été tirés, probablement pour garder un peu de fraîcheur à la maison. C'est une journée chaude d'été. Un vieil homme prend le frais sur la galerie.*

*Charlie fume une cigarette tout en mordillant un brin de mil.*

*— Alors, tu viens ?*

*Il est un peu amaigri, deux longues rainures creusent ses joues, mais pour le reste, il a encore la vigueur de ses quatre-vingt-onze ans. Il a fait l'aller-retour au village sous ce soleil, et maintenant il prend le frais. Une bonne cigarette, un verre d'eau froide, la vie a encore ses bontés.*

*— C'est l'heure, lance-t-il en direction de la porte moustiquaire.*

*— J'arrive, j'arrive.*

*La tête mousseuse de Marie-Desneige apparaît dans l'entre-*

*bâillement de la porte. Blanche et lumineuse. Elle se glisse précautionneusement avec un plateau à thé et Monseigneur qui file entre ses jambes.*

*Elle porte une robe claire. Du bleu et du rose corail qui donnent encore plus d'éclat à ses cheveux.*

*Elle dépose le plateau sur une desserte près de la berceuse double et prend place auprès de Charlie. Il l'attend depuis un bon moment, car il a une petite victoire entre les mains. Deux enveloppes qu'il n'a pas encore décachetées. Ils savent tous les deux ce qu'elles contiennent. Leurs chèques de pension. Charlie était confiant, mais Marie-Desneige n'y croyait pas. Elle ne croyait pas que les chèques du gouvernement puissent les suivre jusqu'ici, jusqu'à ce village où personne ne les connaît. Mais Charlie a été facteur. Il sait comment faire.*

*— Il n'y avait rien d'autre ?*

*Chaque fois qu'il revient du bureau de poste, c'est la même question.*

*— Non, rien d'autre.*

*— On devrait lui écrire.*

*— Comment veux-tu ? On n'a pas son adresse, même pas son nom.*

*Marie-Desneige soupire. Ils ont souvent cette discussion. Marie-Desneige qui voudrait revoir son amie et Charlie qui explique que c'est mieux ainsi, il est temps que cette femme vive sa vie.*

*Chummy, qui est à l'autre bout de la galerie, se lève et vient s'étendre auprès de Charlie. Il sait que c'est l'heure. Les deux vieux se balancent doucement dans la berceuse, Monseigneur dans les bras de Marie-Desneige et Chummy qui se laisse grattouiller par Charlie.*

*Les villageois vont revenir de leur travail à la ville. Le défilé des autos va bientôt commencer.*

*L'histoire ne dit pas où est situé le village non plus que son nom. Le silence vaut mieux que le bavardage, surtout quand il est question de bonheur et qu'il est fragile.*

*Le bonheur a besoin simplement qu'on y consente. Marie-Desneige et Charlie ont quelques années devant eux et ils comptent s'en faire toute une vie. Ils resteront cachés aux yeux du monde.*

*Il y a plusieurs choses en suspens dans cette histoire. Comme cette lettre qui est arrivée à la tonnellerie bien après qu'on eut démonté l'exposition et que l'équipe de tournage s'en fut retournée à Hollywood. Une lettre signée Angie Polson. La vieille dame avait visité l'exposition et tenait à préciser la date où Theodore avait fait son portrait.*

*On ne sait pas si la lettre s'est rendue à sa destinataire.*

*L'exposition a été un succès. Tous les tableaux se sont vendus et il y a eu un article élogieux dans le* Globe and Mail. *L'argent de la vente des tableaux a été placé en fidéicommis et attend un revirement de l'histoire.*

*Et la mort ? Eh bien, elle rôde encore. Il ne faut pas s'en faire avec la mort, elle rôde dans toutes les histoires.*

## UN IMMENSE MERCI

À Sylvia et Mike Milinkovich qui m'ont fait connaître William Hough, Robert Rhodes et la merveilleuse Jessie Dambrowitz, 89 ans, qui s'est souvenue pour moi que son père avait vu les oiseaux tomber du ciel.

À toute l'équipe de XYZ et surtout, surtout, à André Vanasse qui veille sur mes romans depuis le tout premier.